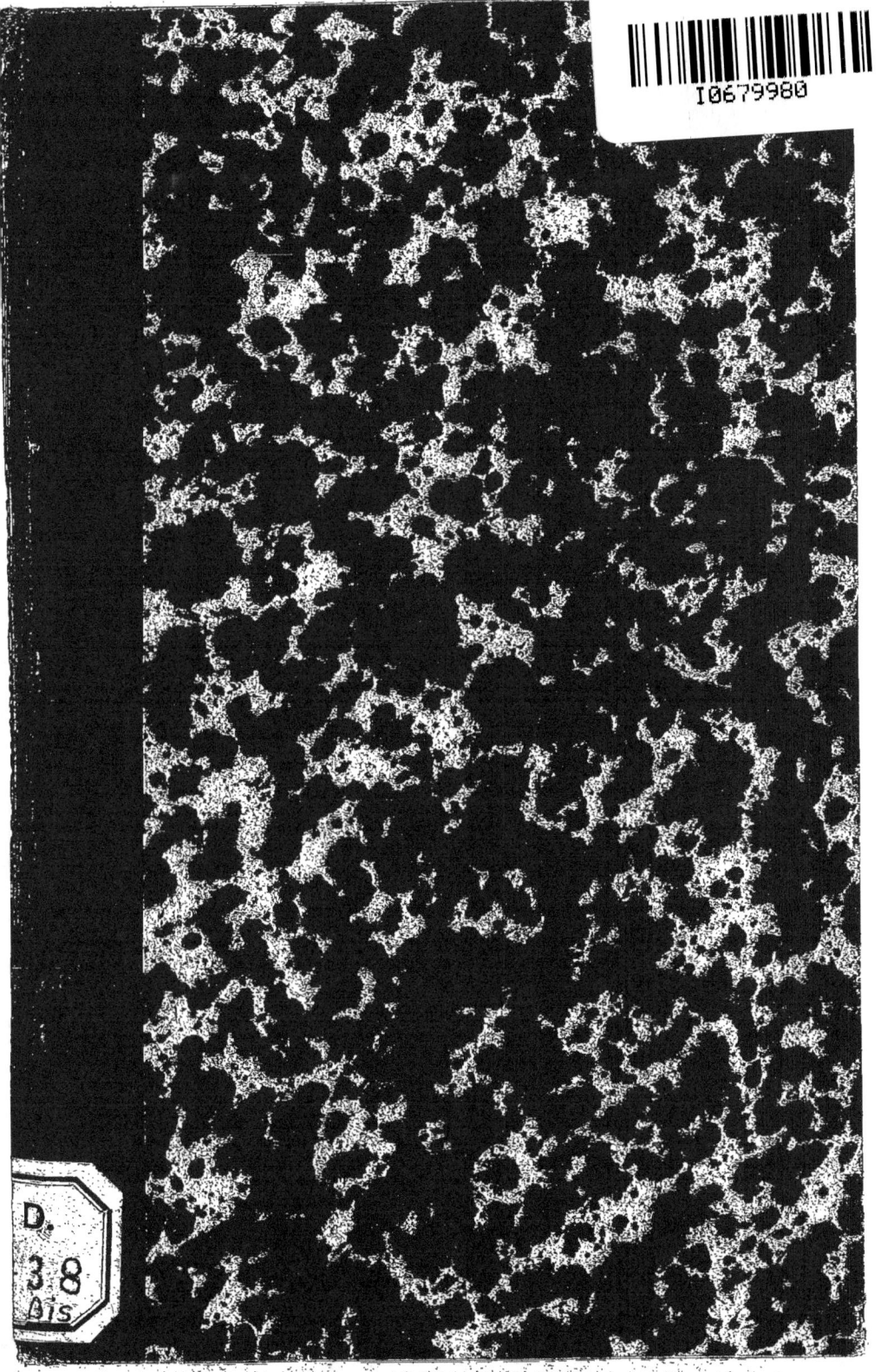

LE FIDELLE ESCLAVE.
COMEDIE.

Dediée à Monseigneur le Comte
DE FVRSTENBERG.

Par le Sieur VALLEE.

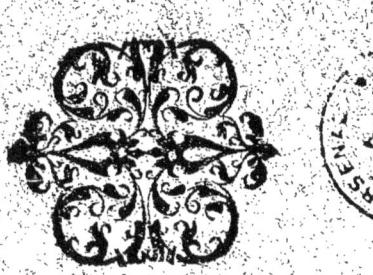

A PARIS,

Chez IEAN COCHART; Au Palais,
en la Gallerie des Prisonniers,
au Sainct Esprit.

M. DC. LXII.

Auec Priuilege du Roy.

A MONSEIGNEVR

LE COMTE GVILLAVME

DE FVRSTENBERG.

ONSEIGNEVR,

Quelque chose de diuin , qui m'inspira l'Art de faire des Vers , ne pouuant se proposer que des objets conformes à sa

EPISTRE.

nature, par vne genereuse ten-
tatiue, ie dediay les premieres
productions que ie mis au iour
à M AD A M E *la* D V C H E S S E
de M O D E N E, *que la France*
auoit lors l'auantage de pos-
seder. Et comme sa bonté
repondit fauorablement à
mes intentions, mon Genie
en prenant cœur, eut bien la
hardiesse de porter ses pensées
iusques à M O N S E I G N E V R
le C A R D I N A L. *Mais dau-*
tant qu'il estoit impossible de
soûtenir vne eleuation si su-
blime, & d'ailleurs que ce com-

EPISTRE.

mencement & ce progrez ne
pouuoient souffrir vne suite
raualee ; par vne reflexion pro-
portionnée à leur grandeur,
Vous fûtes le sujet de mes
Meditations. Certainement,
MONSEIGNEVR, à bien con-
siderer vos Essais glorieux, &
juger de ce que vous serez
par ce que vous estes, l'on ne
sçauroit croire qu'il se trouuât
de personne, quelque acheuée
qu'elle fust dans toutes les
belles choses, à qui l'on ne
Vous peust raisonnablement
comparer. Aussi l'honneur de

EPISTRE.

vous approcher ne doit-il point
estre accompagné d'vne penetra-
tion extraordinaire, pour
connoistre que vous estes né
pour les plus illustres employs,
puis que ceux qui vous occupent aujourd'huy tirent vn
éclat tout particulier, non
seulement de la viuacité de
vostre Esprit, mais encore de
la solidité de vostre jugement,
l'vnion des deux produi-
sant des lumieres également
douces & brillantes. Il faut
donc auoüer, MONSEIGNEVR,
que toutes vos rares qualitez

EPISTRE

sont dignes d'admiration ; Cependant, la moderation merueilleuse qui paroist dans toutes vos actions est celle qui me surprend dauantage, parce qu'elle ne se rencontre que par vne espece de miracle aux personnes de vostre condition & de vostre âge. I'y ajoûterois l'affabilité charmante dont vous gagnez les cœurs si agreablement qu'ils se réiouissent de leur perte ; & vne politesse accomplie, qui ne peut estre veuë sans faire naistre le desir de l'imiter ; si ie ne m'ap-

EPISTRE.

perceuois pas que la fecondité
de la matiere fait que ie paſſe
inſenſiblement les bornes de
mon deſſein, qui n'a d'autre
but que de m'acquerir, en
vous deuoüant vn fidelle Eſclaue, l'honneur de faire voir
publiquement que ie ſuis, auec
vn zele reſpectueux,

MONSEIGNEVR,

Voſtre tres-humble & tres-
obeïſſant ſeruiteur,
VALLE'E

AV LECTEVR.

'Il est vray, comme l'on n'en peut pas raisonnablement douter, que l'ordre soit le plus grand agréement qui se rencontre en toutes les choses ; & si la perfection d'vn Edifice consiste principalement dans vne exacte obseruation de la Symetrie ; ie puis bien dire, sans me flatter, que cét Ouurage n'est pas tout à fait denué de ce qui peut plaire. Les regles du Poëme Dramatique y sont gardées, la vray-semblance entretenuë, & les incidens sans confusion : Le sujet en est mode-

AV LECTEVR.

ſte & ſerieux : Les mouuemens y
ſont moderez & conformes à la
grauité des Perſonnages : Et par vne
regularité, que d'autres ſe fuſſent
efforcez d'éuiter, i'ay accommodé
l'expreſſion aux ſentimens, & à ma
portée de conceuoir : De ſorte qu'il
ne s'y voit aucune partie qui n'ait
vne juſte proportion aux autres,
ny rien qui tienne de la contrainte.
Ie ſçay bien que le plus brillant
éclat des Pieces du Theâtre eſt vne
forte exageration des Paſſions: Mais
i'eſtime qu'il y a des ſujets où elles
doiuent eſtre adoucies; Que meſme
celles qui ſont heroïques & coura-
geuſes ont beſoin du meſlange de la
Temperance; Et qu'il eſt toûjours
mieux, ſuiuant le deſſein de la Mo-
rale, d'inſtruire à les retenir, qu'à

faire ce que nous sommes obligez
d'empescher, Comme la connoissance de ma foiblesse me deffend
d'aspirer à la sublimité, mon ambition se borne à l'étage que l'on assi-
gne communément à la Vertu; Et
si ie ne reüssis pas auec auantage en
cette maniere d'écrire, du moins
suis-ie exempt du caprice & de la
vanité de ceux que l'on nomme
Poëtes par injure.

Extraict du Priuilege du Roy.

PAr Grace & Priuilege du Roy, il eſt permis au Sieur VALLE'E, de faire imprimer,
vendre & debiter, par tel Imprimeur ou Li-
braire qu'il voudra, vne Comedie intitulée *le
Fidelle Eſclaue*; Et deffenſes ſont faites à toutes
autres perſonnes de quelque qualité & condition qu'elles ſoient, de contrefaire ou faire contrefaire ledit Liure, ſur les peines portées par
ledit Priuilege, & pendant le temps d'iceluy.

Et ledit Sieur VALLE'E a cedé & tranſporté ſon
priuilege à PIERRE LE MERCIER, lequel a aſ-
ſocié auec luy IEAN COCHART, pour en jouÿr
pendant le temps porté par iceluy ; ſuiuant l'accord
fait entr'eux.

A l'Academie.

SONNET.

AVguste & fameux Corps, dont la moindre maxime
Eſt vne grande regle à former les Eſprits ;
Arbitres Soüuerains, qui jugeant des Eſcrits,
Leur faites receuoir ou le blâme ou l'eſtime.

Si ie fais librement le débit de ma Rime,
Et qu'elle ne ſoit pas, pour vous, d'aſſez haut prix,
Ie ſuis perſuadé qu'vn ſeuere meſpris
Ne ſçauroit proceder d'vn Eſprit magnanime.

Ma Muſe, qui demeure en vn rude ſejour,
Ignore la douceur que l'on goûte à la Cour,
Et veut auec reſpect receuoir la Cenſure :

Mais quoy qu'elle n'ait pas vn ſtile ferme & net,
Pourueu que de la Chambre elle ait quelque ouuerture,
Elle doit eſperer faueur au Cabinet.

VALLE'E.

LES ACTEVRS.

HORMONDE,　　　　Roy de Macedoine.

MAMPHISIE,　　　　Infante de Macedoine.

BORISTHENE,　　　　Prince de Cypre.

ATRAMANTE,　　　　en Egyptien, Esclaue de Boristhene, qui auoit esté Carmile Cheualier, & se trouue estre Hecate Prince de Numidie.

THELASTRIE,　　　　Confidente de Mamphisie, qui se trouue estre l'Infante de Lycie.

CORAX,　　　　Seigneur, de la Cour de Macedoine.

BALISTE,　　　　Enuoyé de Megare Roy de Numidie.

CALDICE,　　　　gouuernãte de Thelastrie.

La Scene est à Thessalonique, en Macedoine.

LE FIDELLE
ESCLAVE.
ACTE PREMIER.

SCENE PREMIERE.

L'INFANTE, THELASTRIE,

THELASTRIE.

IE ne sçaurois, Madame, en cette conioncture,
Où l'esprit incertain iuge par conjecture,
Voyãt en vôtre humeur vn si grãd changemét
Vous taire le sujet de mon étonnement.
Ie sçay que le bon-heur que le Ciel vous enuoye
Remplit abondamment tout cét Estat de ioye,
Qu'vn glorieux destin se declare pour vous,
Qu'vn Prince tres-puissant doit estre vôtre Epoux ;
Et qu'on verra bien-tost vostre illustre personne
Dans le brillant éclat d'vne double Couronne :

A

Cependant voſtre cœur entre tous ces plaiſirs
Laiſſe inſenſiblement échaper des ſoupirs ;
Ainſi ie fais vn doute où le mien s'intereſſe,
Si c'eſt par vn excez de ioye ou de triſteſſe.

L'INFANTE.

Ie me trouue ſurpriſe , & ne ſçay pas comment
Tu pourrois balancer en ce diſcernement :
C'eſt faire à ma franchiſe vn ſenſible reproche.

THELASTRIE.

Quoy! voſtre belle humeur fuit le bien qui l'approche?
L'eſprit le plus perçant ſeroit fort empeſché
S'il vouloit découurir ce myſtere caché.

L'INFANTE.

I'auoüe auſſi qu'vne autre en auroit moins de blame;
Mais toy, qui vois toûjours iuſqu'au fonds de mon ame,
Dont i'ay connu l'eſprit, prudent & genereux,
Digne de receuoir vn ſecret dangereux,
A qui i'ay confié ſans ſcrupule & ſans crainte
Celuy dont mon honneur peut receuoir atteinte ;
Te pourrois-tu méprendre, & douter auiourd'huy
Si ce changement vient ou de ioye ou d'ennuy?
Ne ſçais-tu pas qu'vn feu ſi beau, ſi legitime,
Si ma condition n'en faiſoit pas vn crime,
Que ie veux étouffer , comme elle me l'enjoint,
Par ſon actiuité ne ſe conſume point?
Que d'vn charmant objet mon ame poſſedée
Ne peut, quoy qu'elle faſſe, en détruire l'idée,
Et qu'elle la receut par vne impreſſion
Qui ſoûmit le deuoir à l'inclination ?
Honneur fier, qui m'attache aux loix de ma naiſſance !
Amour , qui me veux mettre hors de leur dépendance!

Honneur, qui me fais voir où ie dois m'alier !
Amour, qui m'as produit vn simple Cheualier !
Honneur, qui pour objets veux de royalles marques!
Amour, qui mets Carmile au dessus des Monarques!
Contraires mouuemens, qui dechirez mon cœur,
Faites que l'vn des deux soit bien-tost le vainqueur.
Peut-estre, Thelastrie, és-tu hors de ton doute.

THELASTRIE.

Que pour vostre repos, vostre raison m'écoute ;
Laissez à part l'honneur, l'amour, la qualité,
Et ne considerez que la necessité.
Vostre honneur est entier, vostre amour legitime,
Il receut vn objet que tout le monde estime ;
Vous auez mis entre-eux vn tel temperament
Qu'il me fait admirer vostre comportement:
Mais l'amour doit cesser quand on perd l'esperance;
Et puis que vous sçauez qu'vne eternelle absence
A souftrait à vos yeux ce parfait Cheualier,
Madame, croyez-moy, vous deuez l'oublier.

L'INFANTE.

Vne eternelle absence ; Et pourquoy Thelastrie ?
Ha ! qu'amour sçait bien mieux flater ma réuerie :
Il dit que mon espoir se dòit entretenir,
Que s'il vint vne fois il peut bien reuenir.

THELASTRIE.

Madame, ses pareils ont vne destinée
Qui represente bien celle qu'auoit Enée.
Rien ne peut limiter leur curiosité,
Tout le Monde a pour eux peu de diuersité;
Afin que l'esperance à vostre amour réponde
Vous pourrez le reuoir apres le tour du monde.

A ij

L'INFANTE.

S'il faifoit ce grand tour, puis qu'il eſt ſans pareil,
Il ſeroit doublement comparable au Soleil.
Cette comparaiſon eſt plus iuſte & plus belle,
S'il voyage beaucoup il n'eſt pas infidelle,
Et quand nous l'auons veu paroiſtre en cette Cour
Il auoit déja fait la moitié de ſon tour.

THELASTRIE.

L'amour ingenieux cherche à ſe ſatisfaire,
Mais la comparaiſon pourroit bien luy déplaire :
N'aprehendez-vous point que par quelque accident
Ce Soleil fabuleux trouue ſon Occident ?

L'INFANTE.

Helas! n'ajoute point ce mal à ma penſée !
Puiſque ie te fais voir combien elle eſt bleſſée
Songe à la ſecourir, les degrez d'amitié
Te rendent plus ou moins ſenſible à la pitié.

THELASTRIE.

Si la raiſon en vous n'agit pas d'autre ſorte
C'eſt tenter de guerir vne perſonne morte.
Madame, excuſez-moy, ſi i'oſe ainſi parler,
Mon cœur pour voſtre bien ne peut diſſimuler.

L'INFANTE.

I'ayme que l'on me traite auec cette franchiſe ;
Mais auſſi tu ne fus jamais d'amour épriſe,
Ainſi d'vn bon auis ton eſprit impuiſſant
Ne peut me ſoulager.

THELASTRIE bas.

Chacun ſçait ce qu'il ſent.

L'INFANTE.

Tu rougis, & ton cœur eſt trahy par ta bouche :
L'amour te touche donc ?

THELASTRIE.

               Supofé qu'il me touche,

L'on peut blâmer en nous vn contraire defaut,

Voftre amour eft trop bas,& le mien eft trop haut.

L'INFANTE.

Si le defaut confifte en cette difference,

Vn échange d'Amans feroit la conuenance :

Y confentirois-tu s'il t'eftoit propofé ?

THELASTRIE.

Oubliez-vous fitoft que i'ay dit, fupofé?

Ie parlois d'vn amour qui n'eft qu'imaginaire.

SCENE II.

LE ROY, L'INFANTE, THELASTRIE.

LE ROY.

IE vous parois fufpect.

L'INFANTE.

             Le refpect nous fait taire;

Noftre bas entretien vous feroit ennuyeux.

LE ROY.

Il n'eftoit pas fort gay, fi l'on en croit vos yeux.

L'INFANTE.

L'on me doit toûjours voir dans vn eftat modefte,

Et principalement…

LE ROY.

         Ne dites point le refte.

A iij

Quand on parle beaucoup, l'esprit le plus discret
Peut insensiblement échaper vn secret :
Le meilleur confident, ma fille, est le silence.

L'INFANTE.

Sire, si ie me tais, c'est par obeïssance.

LE ROY.

Non, s'il vous satisfait vous pouuez acheuer ;
Mais depuis quelque temps ie vous voy trop réuer ;
Vne fille en vostre âge est doublement loüée,
D'estre ensemble modeste & d'humeur enjoüée :
Les Esprits serieux premier qu'en leur saison
Veulent cueillir trop tost les fruicts de la raison.

L'INFANTE.

Si vous parlez ainsi de crainte que i'oublie
Les droits de ma naissance en ma melancolie ;
Ie pense incessamment que ie vous dois le iour,
Que ma vie est vn bien produit par vostre amour ;
Le sang qui l'entretient est écoulé du vostre,
A peine pourroit-on discerner l'vn de l'autre ;
Et ie crains que bien-tost la rigueur de la mort
Les vienne diuiser par vn cruel effort.
Ha! Sire, la vieillesse est vn mal sans remede,
Ie ne puis conseruer le bien que ie possede :
Dequoy que le present vueille m'entretenir
Ne dois-je pas preuoir le malheur à venir ?
Sans faire des plaisirs vne aueugle coûtume
En goustant la douceur songer à l'amertume ?

THELASTRIE bas.

Qu'elle déguise bien !

LE ROY.

Quand par vn iuste cours
La Nature nous rend au dernier de nos iours,

Il eſt fort affligeant , ſi l'Enfant que l'on quite
Demeure delaiſſé, ſans appuy, ſans conduite,
Et qu'en perdant vn Pere il ne luy reſte rien
Qui s'oppoſe à ſon mal & trauaille à ſon bien.
Mais au contraire auſſi, c'eſt vn bon-heur extreme
Lors que celuy qui meurt laiſſe vn autre ſoy-meſme;
J'entens dire quelqu'vn,de qui l'amour ſoit tel,
Pour le bien d'vn Enfant, qu'eſt l'amour paternel,
Ie veux me l'acquerir ſans tarder dauantage,
En trouuant le moyen par voſtre mariage.
La mort me ſera douce en ſon rude combat
Pourueu que ie vous laiſſe en cét heureux eſtat,
Et qu'en me ſeparant d'vne fille ſi chere
Ie ſçache qu'vn mary luy tiendra lieu de Pere;
Meſme ie beniray la juſtice du ſort,
S'il vous oſte, des deux, le plus foible ſupport.

L'INFANTE.

Sire ,ie ne ſuis pas ſi mal intereſſée
Que les biens de fortune occupent ma penſée.
Mon amour eſt pour vous purement filial ,
Pour moy le mariage à la mort eſt égal ;
Perdant par chacun d'eux voſtre chere preſence
En quoy me ſatisfait leur autre difference ?
Tout mon bon-heur conſiſte à me voir prés de vous,
Qui m'affligeroit plus ou la mort,ou l'Eſpoux?
Si l'vne vient rauir à la fille le Pere ,
L'autre rauit la fille & l'en fait eſtrangere :
C'eſt par diuers moyens donner meſme ſujet
A la viue douleur dont mon cœur eſt l'objet.
Sire,ne priuez pas mon innocente enuie
D'eſtre au dernier moment d'vne ſi belle vie,

LE ROY.

Ie vous entens ma fille, & voſtre amour me plaiſt,
S'il eſt pur, & cauſé par vn noble intereſt.
Mais ie ne penſe pas qu'il faille vous inſtruire
Que le ſeul ennemy qui me puiſſe détruire
N'eſt autre que celuy qui dans tout l'Vniuers
Fait les plus grands Heros nourriture des Vers.
Vous ſçauez bien auſſi que voſtre mariage
Doit eſtre apparemment mon plus grand auantage,
Qu'il offre à ma vieilleſſe vn glorieux ſecours
Et peut me faire viure au de-là de mes iours.
Donc ſi l'amour eſt tel que ſemble eſtre le voſtre,
Ayant horreur pour l'vn, vous deuez aymer l'autre.
De vouloir comparer le dernier au trépas
Parce qu'on ſe ſepare & qu'on ne ſe void pas;
Ma fille, les écrits des perſonnes abſentes
De l'vne à l'autre ſont des images parlantes:
L'Ame s'y communique, & chaque mouuement
Par la lettre & la voix s'exprime également.
Mais, ſans qu'il faille icy dauantage s'eſtendre,
Vous ſerez prés de moy, quoy que ie prenne vn Gendre.

L'INFANTE.

Si i'oſe…

SCENE

SCENE III.

LE ROY, L'INFANTE, THELASTRIE, CORAX.

CORAX.

Vn eſtranger hâté de ſon retour,
Et qui preſentement arriue en cette Cour,
A voſtre Majeſté demande vne Audiance,
Sur vn ſujet, dit-il, de tres-grande importance.

LE ROY.

Vous pouuez l'introduire ; & vous, n'inſiſtez plus.

L'INFANTE.

Vos ordres ſont ſur moy doublement abſolus ;
Mais, Sire, permettez que ie vous repreſente...

LE ROY.

Si ie ſuis abſolu ſoyez obeïſſante.

L'INFANTE.

De vous dire deux mots ne m'eſt-il pas permis ?

LE ROY.

L'on ne réplique point quand l'eſprit eſt ſoûmis.

L'INFANTE.

La douceur ſuit toûjours l'authorité d'vn Pere.

LE ROY.

Eſtimez donc que c'eſt celle d'vn Roy ſevere :
En quelque qualité qu'elle agiſſe ſur vous,
Enfin, ma fille, il faut receuoir vn Eſpoux ;

B

Vous sçauez dés quel temps le Prince Boristhene.

L'INFANTE.

Sire ...

LE ROY.

Ne l'aymant pas vous attirez ma haine :
Mon serment pour vn Gendre exclut tout autre nom.
Me dementirez-vous ?

L'INFANTE.

Il faut bien dire non.
Mais donnez quelque temps à mon ame surprise.

LE ROY.

I'ay juré pour demain, c'est toute la remise.
En qualité de Pere, en qualité de Roy,
Vous deuez m'obeïr & degager ma foy.

SCENE IV.

LE ROY, L'INFANTE, THELASTRIE, CORAX, BALISTE,

BALISTE.

Sire, le Roy mon Maistre, à qui toute l'Afrique
Doit ce qu'elle a de beau, de grand, de magnifique,
Qui changeant ce qu'en elle on blâmoit autrefois,
Par l'exemple des mœurs & la regle des Loix,
L'a si soigneusement policée & polie
Qu'elle ne retient rien de l'ancienne Libie.

Ie parle des Eſtats que l'on voit aujourd'huy
Poſſeder le bon-heur de dependre de luy ;
Megare, c'eſt le nom de ce Roy Magnanime...

LE ROY.

Sa haute renommée a gagné mon eſtime,
Suiuez voſtre diſcours.

BALISTE.

              N'a qu'vn fils pour lequel
Il brûle de l'ardeur d'vn amour Paternel.
Vn fils en qui l'on voit l'aſſemblage admirable
De tout ce que les Dieux ont fait de plus aymable,
Vn fils qui de ſa race eſt l'auguſte armement,
Et de tout ſon eſpoir l'vnique fondement.
Ce fils, qu'il regardoit comme vn autre ſoy-meſme,
Heritier de ſa gloire & de ſon Diadême,
A l'âge de ſeize ans à peine paruenu
Sortit de ſes Eſtats ſans eſtre reconnu.
Sire, pour abreger, ie paſſe ſous ſilence
Les diuers ſentimens que cauſa cette abſence ;
Mais voſtre Majeſté peut juger quel effort
Souffre vn Pere qui croid ſon fils vnique mort.
L'air de la Cour n'eſtoit que de ſoûpirs funebres,
L'on forçoit le Soleil à ceder aux tenebres,
Et de ſombres flambeaux n'y découuroient à l'œil
Que les noirs ornemens d'vn lugubre appareil.
Comme à ce triſte employ chaque choſe on prepare,
Vn inconnu demande à parler à Megare ;
Et quoy qu'on ne le pût qu'auec difficulté,
Enfin, il fut admis prés de ſa Majeſté :
Il luy rend vne lettre & luy dit qu'vn jeune homme,
Ne ſçait de quel païs, ny comment il ſe nomme,

                    B ij

L'auoit par sa priere engagé sur sa foy
De ne la deposer qu'entre les mains du Roy.
Le succéz répondant à l'espoir qui le flatte
Il l'ouure, & void d'abord au bas le nom d'Hecate,
C'est celuy de ce Prince ; Et la lettre, en son sens,
Estoit pour s'excuser, par des termes pressans,
D'auoir quité la Cour, sans en prendre licence,
Contre vn juste deuoir de double dépendance.
Que c'estoit pour remplir sa curiosité,
Des païs étrangers voir la diuersité,
Et brauant le peril des sanglantes allarmes
Faire éclater son nom dans le bruit de ses armes.
Qu'aussi-tost qu'il seroit, par de fameux exploicts,
Connu, craint, & chery des plus superbes Roys,
Il viendroit appuyer d'vne main triomphante
De son Pere & son Roy la vieillesse penchante.
Quand il sçeut que son fils viuoit, non seulement,
Mais estoit animé d'vn si beau mouuement,
Ce genereux vieillard ne peut fermer la voye
Que son cœur presentoit à des larmes de ioye.
Cependant, son Esprit demeura partagé,
Satisfait du dessein, de l'absence affligé ;
Et quatre ans écoulez dans vne vaine attente,
Sa douleur se rendit d'autant plus violente
Qu'il auoit esperé, par vn heureux retour,
Voir augmenter la gloire & la ioye à sa Cour.
Enfin voulant sçauoir auecque certitude
L'estat du cher sujet de son inquietude ;
Pour l'execution de son commandement
Ie parcours dés vn an l'vn & l'autre Element,
M'enquerant auec soin de Prouince en Prouince
Sans auoir rien apris de cét illustre Prince.

Et comme voſtre Cour, par des moyens diuers,
D'vn bruit tres-glorieux a remply l'Vniuers,
I'ay crû l'y rencontrer, où m'eclaircir du doute
Que met en mon Eſprit vne incertaine route :
Voila, Sire, pourquoy i'ay pris la liberté
De faire ce diſcours à voſtre Majeſté.

LE ROY.

Du Roy, voſtre Seigneur, la douleur m'eſt ſenſible,
Ie ſuis Pere, & le plains autant qu'il eſt poſſible,
Mais le Prince ſon fils n'eſt point dans mes Eſtats,
Vous le nommez d'vn nom que l'on n'y connoiſt pas :
Si ſa valeur répond à celle de Megare,
L'on ne ſçauroit douter qu'elle ne ſoit fort rare.
Vous deuez croire auſſi qu'il euſt trouué chez moy
Ce qu'on peut deſirer de la faueur d'vn Roy.
Quoy que vous ayez pris vne peine inutile
En venant l'y chercher...

L'INFANTE bas.

Que n'eſtoit-ce Carmile !

LE ROY.

Si l'on ſe ſatisfait où l'on eſt bien traité,
Vous ne vous plaindrez pas de m'auoir viſité ;
Prenez-en ſoin, Corax, & qu'à la Cour on die
Que c'eſt vn Enuoyé du Roy de Numidie.
Corax vous conduira dans voſtre appartement.

BALISTE à l'infante.

Ie vous feray, Madame, ailleurs mon compliment.

L'INFANTE.

A vous oüyr, Monſieur, double raiſon m'excite,
Ma curioſité jointe à voſtre merite.

ACTE II.

SCENE PREMIERE.

BORISTHENE fuiuy D'ATRAMANTE.

I'Experimente bien qu'vne aigre impatience
Suit toûjours la douceur d'vne haute efperance.
Au point de poffeder le fujet de mes vœux
Ie croy que le Soleil s'eft rendu pareffeux;
Ou bien c'eft, par hazard, que ce grand luminaire
A pris le contre-pied de fon cours ordinaire.
Pour le retardement de ma felicité
Le temps ne marche plus qu'à pas de grauité ;
Mais ainfi que ma flamme eft tres-viue & tres-pure,
De mefme cette nuiçt ne doit pas eftre obfcure:
Sans doute la fplendeur du bien que ie pretens
Se doit accompagner de rayons éclatans.
En ce commun deuoir la clarté s'intereffe.

SCENE II.

BORISTHENE, THELASTRIE, CALDICE,

BORISTHENE.

ME direz-vous, Madame, où l'on voit ma Princeſſe?
THELASTRIE.
A ſon appartement.
BORISTHENE.
L'y peut-on viſiter ?
THELASTRIE.
Vn eſtranger, Monſieur, l'a va complimenter.
BORISTHENE.
N'eſt-ce point vn Riual?
THELASTRIE.
Maintenant cette crainte
Ne peut à voſtre Eſprit donner aucune atteinte.
BORISTHENE *s'en allant.*
Ie vous eſtime aſſez pour ne vous quiter pas,
Si i'eſtois attiré par de moindres appas.
THELASTRIE.
N'accorderez-vous point cette grace à mon Ame
De ne la blâmer plus de l'ardeur de ſa flamme?
Lors que vous l'irritez par de facheux diſcours
Croyez-vous que ce ſoit en arreſter le cours?
C'eſt pratiquer, Caldice, vne fauce maxime,
Et d'vn amour honneſte en vouloir faire vn crime.

CALDICE.

Ie voy bien que mon foin ne fert qu'à vous fâcher,
Et fi voftre intereft ne m'eftoit pas fi cher,
Madame, ie fçaurois tellement me contraindre
Que vous n'auriez jamais fujet de vous en plaindre.
Mais mon efprit s'attache à voftre vtilité,
Et vous ne querellez que ma fidelité :
Ie fçay que la raifon s'employe à nous deffendre
L'Amour, pour vn objet que l'on ne peut pretendre.

THELASTRIE.

Quoy qu'vn femblable aueu foit bien hors de faifon,
Oüy, i'ayme Borifthene, & i'ayme la raifon ;
Elle porte nos vœux où la vertu fe trouue,
L'vne ne caufe rien que l'autre ne l'aprouue :
Son merite me touche, & ma fidelle ardeur
Se contente de rendre hommage à fa grandeur :
Pour luy mon cœur n'a point vn amour mercenaire,
Qui cherche en poffedant dequoy fe fatisfaire.

CALDICE.

Quand l'amour eft caufé par de juftes defirs.
Nous peut-il exciter des pleurs & des foûpirs ?
Ces enfans indifcrets d'vne honteufe mere
Ne declarent-ils pas ce qu'elle voudroit taire ?

SCENE

SCENE III.

L'INFANTE, THELASTRIE, CALDICE,

L'INFANTE.

A Vous oüyr parler l'on penferoit d'abord
Que dans cét entretien vous n'eftes pas d'accord:
N'auez-vous point befoin d'vn Arbitre fidelle?

THELASTRIE.

L'on ne peut pas juger & caufer la querelle,
S'il faut ainfi nommer vn entretien fi doux :
Madame, le fujet n'eftoit autre que vous.

L'INFANTE.

Ne crois pas que i'y vienne en fuiuant ma coûtume,
Par ma mauuaife humeur mefler quelque amertume.
Admire, Thelaftrie, en ce portrait charmant,
Les traits d'vn Cheualier, d'vn Prince, & d'vn amant.

THELASTRIE.

D'en connoiftre vn, Madame, il n'eft pas difficile,
A qui fçait, comme moy, comment eft fait Carmile,
Et ie ne penfe pas que vous vueilliez nier
Que dans ce mefme nom eft compris le dernier.

L'INFANTE.

Acheue par celuy qui rend ma ioye extréme ;
Le Cheualier, le Prince & l'Amant c'eft le mefme.
Dis que ie le pouuois juger digne de moy,
Parle preffentiment qu'il eftoit fils d'vn Roy.

C

THELASTRIE.

Mais qui vous rend fçauante en cette conjoncture ?
Ie doute fort qu'il foit fils de Roy qu'en peinture.

L'INFANTE.

Pour conuaincre en deux mots ton incredulité,
Et te rendre flexible à cette verité,
Il fuffit, Thelaftrie, enfin que ie te die
Que Carmile eft le fils du Roy de Numidie,
Qu'Hecate eft fon vray nom, qu'il a voulu changer,
Au moins comme ie penfe, afin de voyager
Dans vn eftat plus libre.

THELASTRIE.

Et qui vous le fait croire ?

L'INFANATE.

L'Enuoyé de fon Pere, en fuiuant fon hiftoire,
Sans auoir reconnu que i'y priffe intereft
M'a donné ce Portraict, & tu vois quel il eft.

THELASTRIE.

Mais quel bien vous reuient de cette difference,
Que Carmile foit Prince, ou d'vne autre naiffance ?
Madame, il ne faut pas feulement y penfer.

L'INFANTE.

Mon Efprit éclaircy n'a plus à balancer.

THELASTRIE.

Vous ne voulez donc point que le mien vous confeille?

L'INFANTE.

Non pas comme il a fait, étonnante merueille !
Comment, Carmile eft Prince, & ie n'oferay pas
Aimer de fa valeur les glorieux appas ?
I'éteindray le beau feu qu'alluma fon merite
Quand fa condition à l'augmenter m'excite ?

Ne crois pas , Thelaſtrie , à force de parler
En retirer mon cœur , il ſe plaiſt à brûler.

THELASTRIE.

Conſiderez , Madame , en quel eſtat vous eſtes ,
Et qu'vn autre vous met au rang de ſes conqueſtes.

L'INFANTE.

Il pourra ſe flatter de cette vanité
Quand il aura ſoûmis ma generoſité.

THELASTRIE.

Ce n'eſt pas peu d'auoir l'authorité d'vn Pere.

L'INFANTE.

L'amour & la raiſon veulent qu'on les prefere,
A moins que juger mal de l'équité du Roy ,
Il ſuffit que les deux s'intereſſent pour moy.

THELASTRIE.

Auez vous oublié que voſtre reſiſtance
A tenté ſans effet...

L'INFANTE.

Voicy la difference ;
Tu ſçais bien que le temps change auec la ſaiſon,
L'Amour n'auoit alors qu'vne obſcure raiſon ;
Mais ie puis decouurir & ſans honte & ſans crime
Que i'ay pour ſa vertu particuliere eſtime :
Comme on ſçait maintenant quelle eſt ſa qualité ,
L'amour & la raiſon n'ont plus d'obſcurité.

THELASTRIE.

Puiſque le Roy , Madame , a donné ſa parole
Ie crains que...

L'INFANTE.

L'Amour eſt vne ſubtile Ecole ,
Où l'on peut acquerir mille moyens diuers,
Capables de changer l'ordre de l'Vniuers.

C ij

Souffre à ma paſſion que l'eſpoir l'entretienne.
THELASTRIE *bas.*
Le meſme eſpoir ſera l'aliment de la mienne.

SCENE IV.

BORISTHENE, ATRAMANTE, L'INFANTE, THELASTRIE, CALDICE,

BORISTHENE.

Sçachant qu'vn Etranger vous deuoit approcher,
I'ay differé, Madame, vn bien qui m'eſt ſi cher;
Et vous pouuez iuger à quelle violence
Ie me ſuis expoſé par cette complaiſance.

L'INFANTE.

Chacun ſçait bien, Monſieur, que la ciuilité
Eſt naturelle à ceux de voſtre qualité.
Son entretien eſtoit ſi capable de plaire
Que perſonne que vous n'auroit pû m'en diſtraire,
A moins que d'encourir mon indignation.

BORISTHENE.

Vous en parlez, ce ſemble, auec émotion;
Et tout'autre en ma place auroit l'Ame ſaiſie
Du trouble que pourroit cauſer la ialouſie.

L'INFANTE.

Sans aucune raiſon l'on en ſeroit ialoux,
Luy ſeul ne m'eût point fait ſon entretien ſi doux.

BORISTHENE.

C'eſt dequoy rendre encore vn Eſprit plus malade,
Puis que ſouuent l'amour ſe fait par Ambaſſade.

L'INFANTE.

S'il faut que vous ſoyez tout à fait éclaircy,
Enfin, cét Etranger penſoit trouuer icy
Le fils du Roy ſon Maiſtre, & ſuiuant mon enuie
J'ay ſçeu par ſon diſcours les ſecrets de ſa vie.

BORISTHENE.

Vous le connoiſſiez-donc?

L'INFANTE.

Oüy,

BORISTHENE.

Comment?

L'INFANTE.

Cette Cour
A quelque temps eſté le lieu de ſon ſejour:
Mais ſon nom & ſon train n'auoient aucune marque
Qui pût faire juger qu'il fût fils d'vn Monarque.

BORISTHENE.

Afin que vous ſçachiez tout le cours de ſon ſort,
Mon Eſclaue pourra vous apprendre ſa mort.

L'INFANTE.

Sa mort?

BORISTHENE.

Vous pâliſſez,

THELASTRIE.

Il ſeroit impoſſible
Apres l'auoir connu d'y paroître inſenſible.

L'INFANTE.

Vous pouuez bien juger, Monſieur, à ma douleur
Que ie ſçay comme on doit eſtimer la valeur:

C iij

La sienne, sans mentir, auoit peu de pareilles.

BORISTHENE.

Sans l'auoir jamais veu i'en conçoy des merueilles;
Et vous souhaiterois sensible à mon Amour
Comme au coup violent qui l'a priué du iour.

THELASTRIE.

Où la vertu se trouue elle est toûjours charmante.

L'INFANTE.

Vous plaist-il donc, Monsieur, cōmander qu'Atramante
De ce triste accident nous fasse le recit?

BORISTHENE.

Parle,

ATRAMANTE.

Ce n'est qu'aigrir vn mal qui s'adoucit.
Mais i'obeïs, Seigneur, pour vous dire, Madame,
Helas!

BORISTHENE.

Suy,

ATRAMANTE.

Pardonnez au trouble de mon Ame.
Aulon, Ville où la Mer forme vn aussi beau Port
Que dans tout ce Royaume ait son humide bord,
Est l'endroit où n'ayant que le sort pour conduite
Ce grand Prince agréa que ie fusse à sa suite,
Et comme auec ardeur il me voyoit agir,
I'en receus des faueurs qui me faisoient rougir.

L'INFANTE.

Aussi vous pouuoit-il nommer sa noire image,
Par le rapport de taille, & des traits du visage.

ATRAMANTE.

Nous estans embarquez dans vn calme si doux
Qu'il sembloit que la Mer s'entendit auec nous,

Nous voguâmes trois jours, en coſtoyant l'Epire,
Vimes ce que de rare à l'Iſle de Corcyre,
Et paruinmes enfin au malheureux endroit
Où pour la Numidie il faloit prendre à droit.
C'eſt entre la Cicile & le Peloponeze ;
Qu'vne fatalité jalouſe de nôtre aiſe,
Souleua tout d'vn coup d'horribles mouuemens
Qui ſembloient preſider dans tous les Elemens.
En ce piteux état le plus grand auantage
C'eſtoit d'eſtre étourdy par l'excez de l'orage,
Ne pouuant ſoûtenir des éforts ſi preſſans,
Que par ſuſpenſion de l'vſage des ſens.
De vous dire le temps, il eſtoit ſans meſure,
L'on n'y pouuoit garder regle ny conjecture,
Celuy qui conſeruoit vn peu de jugement
Penſoit à toute heure eſtre à ſon dernier moment ;
En effet, on voyoit peinte dans la tempeſte
Et la Mort ſous les pieds & la Mort ſur la teſte.
Dans vn diſcernement, qui ſe faiſoit ſi peu,
Par la confuſion de la vague & du feu,
La premiere attaquant l'autre juſqu'en ſa Sphere ;
Et luy, voulant ſur elle éteindre ſa colere,
Comme ayant conſpiré de faire qu'il ſemblaſt
Voir le feu ſe noyer, ou que la Mer bruſlaſt ;
D'vn Pilote prudent la ſcience ſecrette
Connut que nous eſtions proche l'Iſle de Crette :
Toutesfois, ſa conduite & l'adreſſe de l'Art
Mettoient tout leur recours aux faueurs du hazard.
Mais quand à nos malheurs les Dieux furent ſenſibles,
Nous fûmes aſſaillis par des Demons viſibles :
Ie dis, lors que nos vœux eurent fait, que la Mer
Sembloit auoir vomy tout ce qu'elle eût d'amer ;

Que l'Onde demeurant paisible en son empire,
Ne receuoit qu'vn air le plus doux qu'on respire;
Que le feu conseruant sa haute grauité
Eût retenu le frein à son actiuité;
Que le Soleil chassant l'horreur & les tenebres,
Pour arrester le cours de nos soucis funebres,
Comme touché des maux qui venoient de cesser,
De ses charmans rayons voulut nous caresser;
Par le premier brillant de sa viue lumiere
Nous vismes de la Mort l'approche meurtriere,
Ou la perte, du moins, de nostre liberté,
Dans les honteux liens de la captiuité.
Trois Vaisseaux ennemis, qui cingloient vers le nostre,
Afin de l'entourner, s'esloignoient l'vn de l'autre :
Et sans ayde de Vent, à force d'Auirons,
Ils paruinrent bien-tost à tous nos enuirons,
Et nous mirent ainsi dans l'égale impuissance
De fuïr & de faire assez de resistance.
Hecate, neantmoins en cette extremité,
Par vn nouueau surcroît de generosité,
Nous dit; Mes chers amis, il faut haïr la vie
Quand elle est de malheurs honteusement suiuie :
La gloire fort souuent se trouue dans la mort,
Elle peut nous vanger des injures du sort,
Priuer nos ennemis du pompeux auantage
D'assujettir nos jours dans vn rude esclauage,
Et montrer qu'vn grand cœur, où l'honneur est monté,
Se surmonte plustost que d'estre surmonté.
Mourons, non seulement d'vne mort volontaire,
Mais faisons pour la Mer ce qu'elle n'a peu faire :
Acheuons, en mourant, son funeste dessein;
Maintenant le repos preside dans son sein :

Pour

Pour nous y receuoir d'vne façon riante
Neptune de ses Flots a bany la tourmente.
Mais resistons premier de tout nostre pouuoir,
Et que chacun de nous à l'enuy fasse voir
Que l'inegalité l'anime dauantage,
Et qu'il sçait voir la mort sans changer de visage.
De vouloir raconter ses merueilleux efforts,
De grandeur de courage & d'adresse de corps,
Ce seroit entreprendre vn recit impossible ;
Mais enfin pour paroistre à tout autre inuincible,
Voyant de tous costez qu'on forçoit le Vaisseau,
Apres vn grand carnage il se jetta dans l'Eau,
En disant vn adieu Princesse...

L'INFANTE.

Adieu funeste !

ATRAMANTE.

Ses soûpirs & la Mer étoufferent le reste :
Et mon malheur fust tel que lors ie ne pus pas
M'acquerir, comme luy, ce genereux trespas;
Quelque effort que ie fisse, à dessein de le suiure,
Pour prolonger mes maux ie fus forcé de viure.

L'INFANTE.

Si mes larmes, Monsieur, prennent vn libre cours,
Excusez ma tendresse à ce triste discours.

BORISTHENE.

Puis qu'il estoit si braue & si digne d'estime,
L'on blasmeroit en vous vn regret legitime,
Mais, Madame, ce iour demande vn autre employ.

D

SCENE V.

BORISTHENE, ATRAMANTE, L'INFANTE, THELASTRIE, CALDICE, CORAX,

CORAX.

IE viens executer la volonté du Roy,
Et vous dire, Madame, en quelle impatience
Paroiſt toute la Cour, d'auoir voſtre preſence,
Pour le commancement de la ſolennité
Qui doit bien-toſt combler voſtre felicité.

BORISTHENE.

Vous deuez donc aller où le Roy vous demande,

L'INFANTE *bas*.

O Ciel ! qu'à ce beſoin ton ſecours me deffende.

ACTE III.

SCENE I.

LE ROY, L'INFANTE,

LE ROY.

MA patience cede, & mon courroux surmonte,
L'vn soûtient mon hôneur, l'autre faisoit ma
   honte ;
Enfin, ie veux vanger mon pouuoir méprisé,

L'INFANTE.

Helas !

LE ROY.

En acheuant ce que i'ay disposé.

L'INFANTE.

Si preuenu de crime on obtient la licence
D'alleguer les raisons qui font pour la deffence ;
A plus forte raison doit-il m'estre permis
De dénier celuy que ie n'ay pas commis.
Par vne atteinte injuste autant qu'elle est cruelle
Vous accusez mon cœur de vous estre rebelle.

Sire, son seul refuge est à vostre bonté,
Pressé par la rigueur de vostre volonté :
S'il a pû la sçauoir, sans qu'il l'ait accomplie,
Il ne resiste pas, au contraire, il supplie ;
Pour opposer sa force au plus grand des malheurs
Il vous approche, armé de soûpirs & de pleurs.
Sire, si vous parlez de puissance absoluë,
Prononcez ie le vœux, & i'y suis resoluë :
Incontinent apres me l'auoir ordonné
Ie vous rendray le bien que vous m'auez donné ;
Car mon obeïssance, enfin, sera suiuie
De ce qui causera la perte de ma vie.
Tant de bons mouuemens, entre nous deux entiers
Ne sçauroient, de ma part, Sire, souffrir vn tiers.

LE ROY.

Vous imaginez-vous que mon cœur s'amolisse
Iusqu'au point de se rendre à ce foible artifice ?
Des sentimens si-bas sont au dessous de moy,
Apprenez ce que vaut la parole d'vn Roy.

L'INFANTE.

Sire, n'oubliez pas le beau titre de Pere,
Il me peut obtenir la grace que i'espere :
Ie parle comme fille, & cette qualité,
Semble m'authoriser de quelque liberté.
De celles du commun, auant qu'on les engage
Dans les étroits liens d'vn rude mariage ;
L'on demande & reçoit la declaration
Du secret important de l'inclination :
Autrement, d'vne fille on fait vne victime,
Par vne authorité qui n'est pas legitime.

LE ROY.

Celles de ce bas rang, dont le feul intereſt
Confiſte à s'acquerir tel mary qu'il leur plaît,
Et qui s'accommodant aux cours de leur caprice
En ont ou tout le bien, ou tout le prejudice,
Gagnent les volontez aſſez facilement,
Quoy que l'on y découure vn peu d'égarement.
Mais la fille d'vn Roy, de laquelle on eſpere
Receuoir du Royaume, & le Maiſtre & le Pere,
Du moins quand on la voit vnique comme vous,
N'eſt pas en liberté de choiſir vn Eſpoux,
Et ne peut receuoir que celuy qu'on luy donne,
Dans les formalitez des droicts de la Couronne :
Elle n'a pas raiſon de ne penſer qu'à ſoy,
Elle prend vn Eſpoux, mais elle fait vn Roy.

L'INFANTE.

Ce qui ſemble mon bien eſt donc ce qui m'en priue,
Et pour eſtre Princeſſe, il faut eſtre captiue.

LE ROY.

Oüy, de cette façon, le plus grand Potentat
Se doit accommoder aux Loix de ſon Eſtat.
Il faut conſiderer qu'en voſtre mariage
Entre l'Eſtat & vous l'intereſt ſe partage,
Et celuy du premier doit eſtre conſerué
Comme d'vn bien public, l'autre, d'vn bien priué.

L'INFANTE.

Sire, cette raiſon feroit conſiderable,
Si ie m'emancipois dans vn choix préferable :
Que l'auantage au moins ſoit égal en ce point,
Puis que ie n'en fais pas, qu'on ne m'en faſſe point.

D iij

LE ROY.

Le premier ne se peut, & l'autre est necessaire.
Au reste vous deuez m'obeïr, & vous taire;
I'ay tort de vous souffrir si long-temps contester.

L'INFANTE.

Pour vous obeïr, Sire, & pour me contenter,
Il ne me reste plus que ce mot de réponse,
La Royauté le veut, souffrez que i'y renonce.

SCENE II.

LE ROY, L'INFANTE, THELASTRIE, CORAX,

CORAX.

SIre, cét Etranger...

LE ROY.

Horrible lâcheté!

CORAX.

Souhaitteroit parler à vostre Majesté.

LE ROY.

Et bien, amenez-le; quel excez d'insolence,
De vouloir disposer des droicts de la naissance!
Ie sçay bien vous contraindre à garder vostre rang,
Et ne r15aualler pas la gloire de mon sang.

L'INFANTE.

Ie ne contefte plus, me voila toure prefte,
Borifthene & la mort feront mefme conquefte.

THELASTRIE.

Sire, confiderez quel excez de malheur
Peut fuiure les tranfports de fa viue douleur.

LE ROY.

Il faut que fon caprice à ma volonté cede,
Contre vn mal violent vn violent remede.

SCENE III.

LE ROY, L'INFANTE, THELASTRIE, CORAX, BALISTE,

BALISTE.

SIre, apres tant d'honneur & de bon traitement,
A quoy l'on ne fçauroit répondre dignement:
Pour en remercier voftre magnificence
Ie deurois m'expliquer par vn humble filence,
Si l'obligation fe terminoit en moy,
Et ne s'étendoit pas à mon Maiftre & mon Roy:
Mais puis que c'eft en luy qu'elle eft confiderable,
Qu'il en eft feul l'objet & le plus redeuable;
Ie puis bien propofer à voftre Majefté
Vn Prince, qui fait tout par generofité,

Et qui feroit rauy que fa reconnoiffance
Parût dans vn employ de fa haute puiffance,
Aux lieux où fon fecours, pour vous interuenu,
Pût répondre aux faueurs dont il eft preuenu.

LE ROY.

Non, ie n'ay point acquis fur le Roy voftre Maiftre
Vne obligation qu'il doiue reconnoiftre;
Depuis voftre difcours, ie n'ay fait pour fon bien,
Que des vœux impuiffans, qui ne produifent rien.

L'INFANTE.

Souuent les Dieux font fours aux plus juftes prieres.

BALISTE.

Il a pour leurs bontez d'affez dignes matieres.

LE ROY.

Quoy que fon intereft hâte voftre retour,
Il faut le retarder en faueur de l'Amour;
L'Hymen de Borifthene auecque Manphifie..,

L'INFANTE bas.

A ce difcours mon Ame eft de douleur faifie.

THELASTRIE bas.

La mienne l'eft auffi.

LE ROY.
Demande des témoins
Qui l'aillent publier aux Païs les plus loins.

L'INFANTE.

Les peuples Etrangers apprendront de Balifte,
Qu'hymen ne peut foumetrre vn cœur qui luy refifte.

BALISTE.

Sire, quelque raifon qui m'engage à partir,
Si vous me l'ordonnez, ie dois y confentir.

LE

LE ROY.

C'eſt vous geſner beaucoup.

BALISTE.

Cét honneur me ſurpaſſe;
Au lieu de me geſner, c'eſt me combler de grace;
Mais, puis que voſtre ſort change de bien en mieux,
Madame, en quoy blâmer la juſtice des Dieux?

L'INFANTE.

Ce fatal mariage en eſt l'injuſte cauſe.

BALISTE.

Auec égalité leur ordre le diſpoſe.
Polybe, Roy de Cypre eſt vn grand Potentat,
I'ay viſité ſa Cour, trauerſé ſon Eſtat;
L'on ne peut découurir dans la Terre habitable
Rien de plus ſomptueux & de plus admirable:
Le plus ſauuage Eſprit y trouue des appas,
Il faut eſtre Amoureux, ou n'en approcher pas:
C'eſt auſſi le Climat où Venus retirée,
Fut auec tant d'ardeur autrefois adorée.
De-là, i'ay voulu voir vn Royaume en paſſant,
Dépuis neuf ans détruit, aujourd'huy floriſſant.
Licie en eſt le nom...

THELASTRIE bas.

Dois-je eſperer ou craindre?

BALISTE.

Et le Roy, Magalor, qui fut long-temps à plaindre
Vn ennemy voiſin, non guere plus puiſſant,
Mais ſubtil Politique, & ſans ceſſe agiſſant;
Comme il eût éprouué leurs forces preſque egales,
Pratiqua ſes ſujets, fit diuerſes cabales,
Gagna des principaux, par le trompeur eſpoir
De quelques dignitez qu'ils deſirerent auoir.

E

A la Guerre estrangere ayant joint la Ciuile,
Il assigea le Roy dans sa plus forte Ville.
Ses ordres furent-là si bien executez,
Qu'on vid en peu de temps breche de tous costez,
Et le Prince assiegé pressé de telle sorte
Qu'à peine il pût gagner vne secrette porte,
Par laquelle il sortit, sans estre découuert;
Tandis qu'en son Palais, à l'insolence ouuert,
Par vn horrible excez de fureur & de rage,
Mesme les lieux sacrez furent mis au pillage.
L'image du peril qu'il venoit d'éuiter,
Et la crainte, en fuyant, qu'on le pût arrester,
A ce Roy deposé sembloient donner des aisles;
Sans vouloir écouter la voix des plus fidelles,
Il prenoit, dans le trouble où son Esprit fut mis,
Autant de ses sujets pour autant d'Ennemis:
Enfin l'Vsurpateur vid si bien reussie
Sa conspiration, qu'il fut Roy de Licye.

THELASTRIE.

O dieux! à ce discours puis-je éuiter la mort!

LE ROY.

Quelle du fugitif fut la suite du sort?

BALISTE.

Le pauure Magalor, cét infortuné Prince,
Ayant long-temps erré de Prouince en Prouince,
Dans vn si triste estat que son affliction
Aux plus durs à toucher faisoit compassion;
Son vainqueur orgueilly d'vne telle conqueste,
Fit vne forte armée, & se mit à la Teste;
Contre vn autre voisin forma d'autres projets:
Celuy-cy, qui n'eut pas d'infidelles Subjets,

A fon premier abord fit ferme refiftance,
Appella cependant ceux de fon alliance,
Dont le fecours venant, par de communs accords,
Plufieurs petits partis formerent vn grand Corps.
L'affiegé, le voyant, fortit de fa muraille,
L'affiegeant ne pût pas éuiter la bataille ;
Ainfi fa mort vangea les Princes offencez :
Magalor, confolé de tous fes maux paffez,
Sur fon Trône vfurpé rétablit fa puiffance,
Et fit de la reuolte vne humble obeïffance ;
De forte qu'il iouït maintenant d'vne paix
Que la fureur de Mars n'ébranlera jamais.
Encore paroît-il fombre & mélancholique,
D'auoir en ce malheur perdu fa fille vnique ;
Sans qu'il ait rien appris, par vn certain rapport,
Qui luy pût affeurer ou fa vie, ou fa mort.

THELASTRIE *bas.*

Il faut le retirer de cette incertitude.

LE ROY.

C'eft à peu de repos beaucoup d'inquietude.

L'INFANTE *à Thelaftrie.*

Pendant tout ce difcours, à tous les changemens,
Ie remarquois en toy de nouueaux mouuemens.

THELASTRIE.

C'eft par vne raifon referuée à vous dire.

SCENE IV.

LE ROY, L'INFANTE, THELASTRIE, CORAX, BALISTE, BORISTHENE ATRAMANTE,

BORISTHENE.

Sire, si ie me rends où mon objet m'attire,
Quoy qu'à vostre entretien ie puisse estre suspect,
L'amour doit excuser le manque de respect ;
Mais s'il faut que quelqu'vn en reçoiue le blâme,
De bon cœur ie m'en charge, en faueur de Madame.

LE ROY.

Vous n'auez pas raison de me parler ainsi ;
Outre que l'entretien que nous auions icy
N'auoit autre sujet qu'vne chose publique,
Ce que i'ay de plus cher ie vous le communique :
En vous donnant l'Infante, on ne peut pas juger,
Que i'aye quelque bien, sans vous le partager.

L'INFANTE à *Thelastrie*.

Quoy que le Roy luy die, & quoy qu'il se propose,
Ma foy n'est pas vn bien dont vne autre dispose.

BORISTHENE.

Pour vous recompenser de ce don precieux,
Il ne suffiroit pas d'estre au nombre des Dieux;
On les verroit en vain épuiser leur puissance,
Plustost que le traiter d'egale récompense.

LE ROY.

Nous allons donner ordre à la solemnité,
Afin qu'elle réponde à vostre qualité.

L'INFANTE.

Vn sacrifice peut en rehausser l'estime,
Qu'on prepare l'Autel, en voicy la victime.

Le Roy, Baliste & Corax s'enuont.

BORISTHENE.

Lors que vostre beauté triompha de mon cœur,
I'en fis vn sacrifice à son charmant vainqueur,
Vous voulez maintenant sacrifier le vostre,
Afin de conformer, par l'Hymen, l'vn à l'autre.

L'INFANTE.

Nos cœurs, en leurs objets ont si peu de raport
Que si l'vn suit l'Amour l'autre cherche la mort.
Le vostre n'estoit pas vne Victime pure,
Puis que le Sacrifice est de mauuais augure.

BORISTHENE.

Si ie dois m'arrester à ce que i'en preuoy,
L'augure ne pouuoit estre meilleur pour moy.

L'INFANTE.

Quand vne authorité, dont ie suis dépendante,
Et que ie puis nommer injuste & violente,
Vous rendroit aujourd'huy possesseur de mon corps,
Nos cœurs ne feroient point de mutuels accords.
Qui veut heureusement iouïr d'vne personne
Ne doit pas la forcer, il faut qu'elle se donne;

E iij

Celle qui ne se peut acquerir par douceur
Considere vn Espoux comme son Rauisseur.

BORISTHENE.

Ie ne seray jamais coupable de ce crime,
Mon cœur ne brûle point que d'vn feu legitime;
Puis qu'il est si soûmis, Madame, à vous seruir,
Il pretend vous gagner, & non pas vous rauir.

L'INFANTE.

Vous me verrez, Monsieur, toûjours preste à vous
   rendre
Tout ce que la raison peut vous faire pretendre.
Ce gain vous est acquis ; que vostre Esprit ait soin
De banir les desirs qui se portent plus loin.

BORISTHENE.

Ie ne demande rien qui ne soit reciproque.

L'INFANTE.

Il faut donc le regler, pour oster l'équiuoque.
Vous receurez de moy l'estime & le respect.

BORISTHENE.

Ajoûtez l'amitié.

L'INFANTE.

   Ce mot semble suspect,
Mais elle suit l'estime.

BORISTHENE.

    Ainsi la resistance
Est vn effet d'Amour;

L'INFANTE.

    Faites la difference;
De diuerses façons vous venez d'en nommer.

BORISTHENE.

L'Amour, ou l'Amitié; mais enfin c'est aymer,
Et vouloir posseder la personne qu'on ayme.

L'INFANTE.
Le dernier, c'eſt n'auoir d'amour que pour ſoy-meſme,

BORISTHENE.
Mon Eſprit, éblouy de vos brillans appas,
Doit-il, les admirant, ne les deſirer pas?

L'INFANTE.
Oüy, quand vous me voyez à ce deſir contraire.

BORISTHENE.
Il eſt ſi violent qu'il n'eſt plus volontaire.

L'INFANTE.
Vous deuez le cacher, s'il eſt deſordonné.

BORISTHENE.
Il ne faut en blâmer que vous, dont il eſt né.

L'INFANTE.
Il m'obeïroit mieux, ſi ie l'auois fait naiſtre,
Et ne pretendroit pas de fils ſe rendre Maiſtre.

BORISTHENE.
Vn fils ne peche point contre l'ordre des Loix
Obſeruant le reſpect, de iouïr de ſes droits.

L'INFANATE.
Cette façon d'agir de l'orgueil participe,
Et l'on doit craindre vn fils dés lors qu'il s'emancipe.
Aymer bien, c'eſt quitter noſtre propre intereſt,
Pour embraſſer celuy de l'objet qui nous plaiſt.

BORISTHENE.
L'amitié, ſans l'amour, à ce deuoir engage.

L'INFANTE.
M'aymant, vous deuez donc haïr le mariage;
Puis qu'il m'eſt en horreur autant que le trépas.

BORISTHENE.
C'eſt mon indignité, dont vous ne parlez pas.

L'INFANTE.

Non, ma mauuaife humeur en doit fouffrir le blâme;
Et pour vous découurir le fecret de mon Ame,
Si de tous les viuans ie voulois vn Efpoux,
Ce me feroit honneur d'eftre digne de vous.
Des belles qualitez vous ne manquez d'aucune,
Du Ciel, de la Nature, & des biens de fortune.
Ceux de qui l'Vniuers admire la valeur
Donnent place à la voftre au deffus de la leur;
Et voftre feul renom, de l'endroit où vous eftes,
Des Peuples éloignez augmente vos Conqueftes.

BORISTHENE.

La bouche en dit beaucoup, mais le cœur n'en fent rien.

L'INFANTE.

Si ie fuis obftinée à refufer ce bien,
Suiuant fans raifonner le cours de mon caprice,
Le Ciel ne vous veut pas faire cette injuftice,
De partager fi mal ce qu'il a fait de mieux;
Ailleurs il vous referue vn objet precieux.

BORISTHENE.

Le Ciel jaloux des droits d'vn Monarque & d'vn Pere,
Pour me faire obtenir le bon-heur que i'efpere,
Rend, malgré vos refus, fauorable à mes vœux
Hormonde, qui fur vous a le pouuoir des deux.

L'INFANTE.

Ie vous l'ay déja dit, & ie le reïtere,
Que cette authorité de Monarque & de Pere,
Quoy qu'auec violence elle agiffe fur moy,
Ne fçauroit me contraindre à vous donner mafoy.
Vn cœur, quoy que gefné, conferue fa franchife,
Si la bouche obeït, c'eft qu'elle le déguife.

BORI.

BORISTHENE.

Bien fouuent nous voyons qu'vn feu qui paroît lent.
Quand on fçait l'exciter eft le plus violent.
Ce qu'amour ne prend pas d'vne fubtile amorce
Se peut bien acquerir par vne douce force,
Vôtre fexe s'attache à cacher fon ardeur,
Et croît, s'il ne refifte, offencer la pudeur,

L'INFANTE.

Ie n'eus jamais befoin de ce bas artifice.

BORISTHENE.

La force vous deplaît, cedez à la Iuftice,
Qui rend également l'vn à l'autre engagé

L'INFANTE.

C'eft dépendre d'autruy, que d'eftre part

BORISTHENE.

Mon cœur eft tout foûmis à cette dépendance.

L'INFANTE.

Le mien demeure entier, & veut qu'on l'en difpenfe.

BORISTHENE.

I'ay recours aux effets, eftant foible au difcours.

L'INFANTE.

Qui manque de raifon n'a qu'vn mauuais recours.

BORISTHENE.

Ie ne contefte plus, inhumaine Princeffe,
Enfin, l'experience en fera la maiftreffe.

L'INFANTE.

Vous pouuez la tenter, elle vous fera voir
Qu'elle affermit mon cœur, au lieu de l'émouuoir.

ACTE IV.

SCENE PREMIERE.

L'INFANTE,

STANCES.

Tirans d'vne Ame qui soûpire
　　Sous la rigueur de ses tourmens,
Inuisibles bourreaux, sensibles mouuemens,
Faites donc que la mort acheue mon martyre :
Sa laideur formidable a pour moy des appas,
　　Sa haine à l'aymer me conuie,
Ie la cherche en tous lieux, où se portent mes pas,
A dessein de luy faire vn present de ma vie :
　　Dépuis qu'Hecate ne vit pas,
Sa rage insatiable est, ce semble, assouuie.

　　Au temps qu'il se nommoit Carmile,
　　Pour déguiser sa qualité,
Mettant vn voile obscur à nostre égalité,
Il rendoit pour ses vœux ma passion sterile :

Sa valeur heroïque excitoit mon ardeur,
Sa naiffance étouffoit ma flame ;
Si l'vne m'excufoit, en monftrant fa grandeur,
L'autre, en le raualant me conuainquoit de blâme,
Mon amour, contre mon honneur
Soûtenoit vn combat qui partageoit mon Ame.

En cette baffeffe apparente,
Quand il partit de cette Cour,
S'il rauit à mes yeux l'objet de mon Amour,
L'idée à mon Efprit en deuint plus charmante.
Quelque fecret inftinct que l'on ne peut forcer ,
Et qui forme la fympatie,
Contraignoit mon honneur fouuent à confeffer
Qu'vn Tout ne fouffre point de contraire partie,
Et l'amour ne pouuant ceffer,
Que la condition eftoit bien affortie.

Ainfi mon Efprit en balance
Prefumoit fauorablement ;
Et fentoit d'autant plus par cét éloignement
De fes viues douleurs croître la violence.
A cette obfcurité Balifte donnant iour,
Ie le mis au rang des Oracles,
Mon honneur fut d'accord auecque mon amour,
Et luy, ne me promit rien moins que des miracles;
L'attente d'vn heureux retour
Dans mon Efprit calmé furmonta tous obftacles.

Vne funefte conjoncture
M'apprit au mefme inftant fa mort,
Et pour bleffer mon cœur par vn plus rude effort,

L'on en fit à mes yeux la tragique peinture.
Ce cruel changement me liure au defefpoir,
Et par luy ma flâme eft éteinte :
Cependant la rigueur d'vn injufte pouuoir
A prendre vn autre Epoux, pretend m'auoir contrainte :
Mais ie luy feray bien-toft voir,
Qu'vn cœur fans efperance eft de mefme fans crainte.

Cherchons à ce deffein quelque breuuage amer,
Pour imiter Hecate, il eft mort dans la Mer.

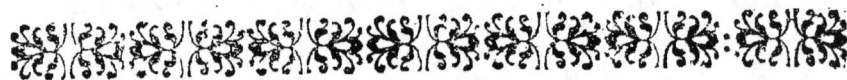

SCENE II.

L'INFANTE, THELASTRIE.

THELASTRIE.

VN miracle, Madame, Atramante eft Hecate.

L'INFANTE.

A quoy bon fuppofer vn difcours qui me flatte?
Au point que ma douleur eft à l'extremité.

THELASTRIE.

Mais vous, pourquoy douter de cette verité?

L'INFANTE.

Vn menfonge connu ne peut former de doute.

THELASTRIE.

S'entretenant tout feul, fans croire qu'on l'écoute,

Comme par le difcours la douleur s'adoucit,
De tous fes accidens il a fait le recit.

L'INFANTE.

J'ay fouuent regardé les traits de fon vifage,
Confideré fa taille , obferué fon langage,
J'ay mefme examiné fa demarche & fon port,
Et veu que tout cela fait entr'eux du raport :
Mais le difcernement n'en eft pas difficile.

THELASTRIE.

C'eft vne inuention genereufe & fubtile,
Si vous vous attachez à fa noire couleur ;
Eftant perfecuté d'vn horrible mal-heur,
Qui depuis trop de temps infolemment le braue,
De Polibe , ennemy , la Mer le fit Efclaue.
Cypre , & la Numidie ont eû plufieurs debats,
Pour des pretentions d'entre ces deux Eftats.
Mais premier que tomber en cette dépendance,
Afin de fe couurir d'vne fauffe apparence,
Et tromper le deffein des Deftins inhumains,
Il fe noircit ainfi le vifage & les mains.
Pour vn Egyptien fa couleur le fait prendre ;
Et Megare n'a pas le déplaifir d'apprendre
Que ce Roy , qui receut de luy tant de défis,
Ait fait fon fils vnique Efclaue de fon fils.
Cette crainte en fon cœur fut à tel point montée
Qu'il fuppofa fa mort comme il l'a rancontée ;
Pour eftre reconnu fon Portraict fuffifoit,
N'eût efté la noirceur , dont il fe déguifoit.
Mais fi vous en doutez , leuez vn peu fa manche,
J'ofe affeurer qu'au bras il a la peau fort blanche.

Ie m'en va vous quitter, il vient fort à propos.
L'INFANTE
Laisse moy seule icy, que ie rêue en repos.

SCENE III.

L'INFANTE, ATRAMANTE.

ATRAMANTE.

MOn Prince, dans l'ardeur de l'amour qui le presse,
Ne peut estre vn momét qu'auprés de sa princesse,
Il ignoroit, Madame, où l'on pouuoit vous voir,
Et ie dois maintenant le luy faire sçauoir.
L'INFANTE
Ie suis trop redeuable à son impatience;
Mais puis que nous faisons vne estroite aliance,
Qui ne veut pas qu'aucun reserue rien à soy,
Si vous estes à luy, vous deuez estre à moy.
ATRAMANTE
Ie seruiray les deux auec vn mesme zele.
L'INFANTE
Ie pretends bien de vous vn seruice fidelle;
Et pour vous auancer en cét engagement,
Ie veux vous mettre au doigt ce petit Diamant.
ATRAMANTE
Si de cette faueur vostre bonté me traite,
Donnez le-moy, Madame, afin que ie le mette:
Ce m'est excez d'honneur d'oser vous approcher,
Et cette main n'est pas digne de vous toucher,

Ie fçay bien le refpect qu'il faut que ie vous rende.

L'INFANTE.

Ie le veux,

ATRAMANTE.

Ie ne puis,

L'INFANTE.

Et ie vous le commande.

ATRAMANTE.

A ces mots abfolus ie ne refifte pas.

L'INFANTE *luy leuant la manche.*

Qui vous noircit la main ne noircit pas le bras ?

ATRAMANTE.

Madame, c'eft blâmer l'erreur de la Nature.

L'INFANTE.

Hecate, ie fçay bien quelle eft cette peinture ;
Mon œil fert mon Efprit affez fidellement,
Pour vous auoir connu dans ce déguifement :
Mais ie voulois fçauoir quelle en feroit l'iffuë.

ATRAMANTE.

Madame, vne autrefois croyez moins voftre veuë :
Mais voftre gaye humeur fe plaift à me ioüer.

L'INFANTE.

Quoy ! ce cœur genereux veut fe defauoüer ?
Le mien ne fe fait plus aucune violence,
Parce qu'il eft certain quelle eft voftre naiffance.

ATRAMANTE.

Puis que par le concours des fecrets de mon fort,
Vos yeux en voftre Efprit reffufcitent vn mort ;
Suppofez donc qu'il vient de ce Royaume fombre,
Où le Dieu de la Nuit de fon Corps fit vn Ombre.
Tant qu'Hecate fut Prince il vous fut inconnu,
Son nom à voftre oreille eft feulement venu

Quand ſa condition, autrefois eminente,
Se trouue limitée à celle d'Atramante :
Ce n'eſt plus qu'vn Eſclaue, & cette qualité
Fait enſemble ſa perte & ſa felicité.
Sa perte, en le priuant de l'eſpoir legitime,
Que ſes fidelles vœux, obtenant voſtre eſtime,
Luy feroient recueillir les fruicts de ſon Amour ;
Et ſa fidelité de vous voir châque iour.
Ma priere d'ailleurs n'eſtant pas inciuile,
Receuez-la, Madame, en faueur de Carmile.
Quoy que ce Cheualier fûft indigne de vous,
Qu'il fut trop raualé pour eſtre voſtre Epoux ;
Que voſtre ſouuenir en conſerue ce reſte,
Que s'il fut amoureux, il fut auſſi modeſte.
Que vos yeux exerçant leur ſouuerain pouuoir
Ne virent rien en luy contraire à ſon deuoir.
S'il oſa ſoûpirer en contemplant vos charmes,
Qu'il tâcha d'étouffer ſes ſoûpirs dans ſes larmes ;
Que ſa voix, malgré luy, formant quelques accents,
Son cœur les reduiſit à des vœux innocens.
Qu'enfin ſa Paſſion eûst tant de retenuë
Qu'auec peine, de vous, fut-elle reconnuë :
Et que s'il ne pût pas gagner voſtre amitié,
Du moins il deût vous eſtre vn objet de pitié.

L'INFANTE.

Vous me faites d'abord vn diſcours qui m'étonne,
Mettant en trois degrez vne meſme perſonne.
Atramante & Carmile, ont bien l'ambition
De ſe voir éleuez à mon affection :
Sous ces noms empruntez vous voulez que ie graue
Vn ſimple Cheualier, vn mal-heureux Eſclaue

Au

Au fonds de ma memoire, afin qu'à tous momens
Elle me fasse voir ces illustres amans.
Hecate, en qui des deux l'interest se termine,
Parce qu'on sçait qu'il est de Royale Origine,
Qu'auec luy mon honneur se peut entretenir,
Ne me demande rien, de peur de l'obtenir.

ATRAMANTE.

Quoy que ce ne soit pas vne chose commune
Que la raison resiste aux coups de la fortune,
La mienne, toutesfois, eut assez de vigueur,
Pour souffrir constamment sa derniere rigueur :
Et suiuant son flambeau, dont la clarté m'esclaire,
Ie voy ce que ie puis, & ce que ie dois faire,
Parlant pour Atramante, en l'estat où ie suis,
Ie fais ce que ie dois, ie fais ce que ie puis,
Madame, il est heureux, si son mal-heur vous touche,
S'il reçoit quelques mots de cette belle bouche,
S'il vous est agreable en son triste deuoir ;
Tout cela sont des biens qu'il pourroit receuoir,
Carmile peut aussi par vn excez de gloire,
Quoy que Cheualier simple, estre en vostre memoire,
Mais Hecate, ha ! penser qui comble mon ennuy,
Ce seroit sans raison qu'on parleroit pour luy ;
Exagerer son feu, de vostre part y ioindre
Que vous en sentiez naistre vn qui n'estoit pas moindre,
Ce discours pourroit-il produire quelque fruict ?
Puisque par Atramante Hecate fut détruit.

L'INFANTE.

C'est d'vne illusion faire vne certitude ;
De ces noms, augmentez par vostre seruitude,
L'vn est Originaire & l'autre est étranger,
Le dernier d'autant moins difficile à changer :

G

Ainſi d'vn doux eſpoir maintenant ie me flatte,
De détruire Atramante & rétablir Hecate.

ATRAMANTE.

Madame, le dernier en vain ſeroit tenté.
Suppoſons que ie ſois remis en liberté,
Et fait independant du Prince Boriſthene ;
Que pour vous obliger il ait rompu ma chaîne,
Qu'Atramante demeure en eternel oubly ;
Hecate eſt-il, Madame, en cela rétably ?
Par vn ſecret obſcur, difficile à comprendre,
Ayant perdu le nom, ie ne le puis pretendre.

L'INFANTE.

Mais enfin, tous ces noms par leurs diuerſitez,
Ne peuuent pas changer vos belles qualitez :
Vous demeurez le meſme, & mon amour ſe donne,
Non pas à voſtre nom, mais à voſtre perſonne.
Lequel que vous ayez, vn autre, ou l'vn des deux,
Il vous faut peu de temps pour le rendre fameux,
Apres que vous ſerez hors de cét eſclauage.

ATRAMANTE.

Contre mon intereſt mon propre honneur m'engage ;
Et ie me voy reduit à cette extremité
De détruire ma flâme, ou ma fidelité.
Mais, Madame, n'ayant aucun ſentiment lâche,
Me pourriez-vous aymer, auec la moindre tâche ?
Ou, ne ſerois-je pas pluſtoſt, de vous hay,
Quand ie paroiſtrois lâche, & quand i'aurois trahy ?
Il eſt donc impoſſible, en ce malheur inſigne,
Ou d'eſtre voſtre Eſpoux, ou d'en demeurer digne.
Songez à Boriſthene ; ha ! ne ſeroit-ce pas
Au point de voſtre Hymen vous rauir de ſes bras ?

Fuyez de ma penſée action criminelle!
Quoy, pour eſtre affranchy faut-il eſtre infidelle ?
Peut-on changer de Foy par vn ſort inegal ?
A qui nous fait du bien faut-il faire du mal ?
Et ſitoſt qu'on reçoit la liberté rauie
Prendre au liberateur la moitié de ſa vie ?
De ſi bas ſentimens n'entrent point dans mon cœur,
I'adore vos beautez, mais i'ayme mon honneur.

L'INFANTE.

Pour vous faire auancer où l'amour vous appelle,
Hecate, il me ſuffit que vous ſoyez fidelle ;
Et pour vous obliger à garder voſtre foy,
Conſultez voſtre cœur, il parlera pour moy.
Il dira, que malgré la fortune inconſtante,
Hecate fut pluſtoſt Carmile qu'Atramante:
Qu'il parut ſous ce nom long-temps en cette Cour,
Que mon bon-heur me fit l'objet de ſon amour,
Qu'vne Ame genereuſe, eſtant bien enflâmée,
Se donne, ſans reſerue, à la perſonne aymée,
Qu'ainſi les mouuemens de ſon affection
L'engagerent dés-lors en ma poſſeſſion.
Si par vn accident, qui cauſe voſtre peine,
Le ſort vous fit tomber aux mains de Boriſthene ;
Cette honteuſe geſne, en laquelle il vous tient,
Ne me peut pas priuer d'vn bien qui m'appartient :
Ie le puis obliger à vous mettre en franchiſe,
Moins par ciuilité que par droit de repriſe :
Et la raiſon en fait vn foible conteſtant,
Si pour moy noſtre Amour eſt demeuré conſtant.

ATRAMANTE.

Madame, de ma part vous rendez tout poſſible,
Afin que ma douleur ſoit d'autant plus ſenſible :

G ij

Voftre raifonnement voudroit me faire voir
Capable d'vn bon-heur que ie ne puis auoir.
A mon contentement laiffez vn double obftacle;
Helas! la voix d'vn Pere eft pour nous vn Oracle:
Puis que celle du voftre a difpofé de vous,
Que par luy Borifthene eft nommé voftre Efpoux,
Qu'il doit d'vn bien fi cher entrer en iouïffance,
Il faut abfolument en perdre l'efperance;
Et demeurant toûjours en ma captiuité,
Qu'vn des empefchemens foit ma fidelité.

L'INFANTE.

Oüy, que de voftre part l'obftacle s'entretienne,
Parce que vous croyez en trouuer de la mienne;
Si ce n'eft qu'en ce cas, Hecate, ie le veux,
Mon amour fçait comment il faut leuer les deux:
Par vn fecret obfcur, difficile à comprendre,
Sans bleffer le refpect qu'Hormonde doit attendre
D'vne fille foûmife à fon Pere & fon Roy,
Ie puis me fatisfaire, & dégager fa foy.
N'oppoferez-vous point quelques nouueaux obftacles?

ATRAMANTE.

Ie ne fuis pas facile à croire des Miracles;
Vous entreprenez trop, pour en venir à bout;
Mais enfin, difpofez, ie fuis foûmis à tout,
Mon honneur conferué.

L'INFANTE.

I'apperçoy Thelaftrie.

ATRAMANTE.

Que luy diray-je donc?

L'INFANTE.

Qu'il vienne, ie vous prie.

SCENE IV.

L'INFANTE, THELASTRIE,

THELASTRIE.

ME direz-vous, Madame, encore que ie mens?
L'INFANTE.
Il faudroit inuenter de nouueaux complimens,
Pour te remercier d'vne grace si grande.

THELASTRIE.
Voftre contentement eft ce que ie demande;
Et fi par l'apparence on juge de l'effet,
Ie croy que voftre Efprit n'eft pas mal fatisfait.

L'INFANTE.
Il n'eft donc point befoin que ie t'en entretienne :
Mais mon affection doit répondre à la tienne;
Puis que ie fçay comment tu prens mon intereft,
Partage moy le tien, & me dis quel il eft :
C'eft vne chofe auffi que tu m'auois promife.

THELASTRIE.
Si vous ne voulez pas que ie vous le deguife,
Souffrez donc que i'y mette vne condition...

L'INFANTE.
Me connois-tu contraire à ton intention?

THELASTRIE.
De me traitter toûjours en tres-humble feruante,
Madame, ce fecret eft que ie fuis l'Infante

G iij

Du Royaume d'où fut fort long-temps exilé,
Mon Pere, Magalor, dont on vous a parlé.
En ce malheur le fort parut m'estre propice,
M'ayant caufé l'honneur d'estre à voftre feruice.

L'INFANTE.

Mon cœur, à ce difcours, eft doublement content.

SCENE V.

BORISTHENE, ATRAMANTE, L'INFANTE, THELASTRIE,

BORISTHENE.

N'Accorderez-vous point au mien ce qu'il pretend?

L'INFANTE.

Comment ! furprenez-vous les filles de la forte?

BORISTHENE.

Tout femble eftre permis à qui l'amour tranfporte.

L'INFANTE.

Enfin, Monfieur, c'eft trop éprouuer voftre ardeur,
A quoy ie n'oppofois qu'vne feinte froideur;
Ie vous donne ma foy, tenez-la pour certaine,
Que ie n'auray jamais d'Efpoux qu'vn Borifthene,
Sans de ma part y mettre aucun retardement.

BORISTHENE.

Iamais les plus beaux iours n'ont valu ce moment.

Que produira l'effet, au prix de la promeſſe?

L'INFANTE.

Mais pour ne laiſſer point de marque de triſteſſe,
Et faire que la ioye ait ſon entier éclat,
Remettez voſtre Eſclaue en ſon premier eſtat.

BORISTHENE.

Ie n'ay plus rien à moy, puis que ie ſuis le voſtre.

ATRAMANTE.

Ce m'eſt aſſez d'honneur de ſeruir l'vn & l'autre ;
Mon Eſprit ſe delecte en cét engagement,
Et ie ſuis à cette heure Eſclaue doublement.

L'INFANTE.

C'eſt de vous ſeul, Monſieur, que depend cette grace.

BORISTHENE *l'affranchit.*

C'eſt à vous qu'il la doit, quoy que ie la luy faſſe.
Ne me reconnois point pour ton liberateur.

ATRAMANTE.

Eſclaue ou franc, toûjours le meſme ſeruiteur,
N'importe pas des deux quelle main me deliure.

BORISTHENE.

Allons trouuer le Roy,

L'INFANTE.

Ie ſuis preſte à vous ſuiure.

ACTE V.

SCENE PREMIERE.

LE ROY, CORAX,

LE ROY.

Vous eſtes donc certain de ſon conſentement?

CORAX.

Sire, auec verité, meſme elle a fait ſerment
Qu'elle n'auroit jamais d'Eſpoux qu'vn Boriſthene.

LE ROY.

Cette aſſeurance met mon Eſprit hors de peine;
Quoy que ſa reſiſtance irritât ma bonté,
J'aime bien mieux qu'on ait gagné ſa volonté,
Que me ſeruir des droicts dont peut vſer vn Pere.

CORAX.

Pour rendre leur Hymen plus doux & plus proſpere,
L'Infante a ſouhaitté qu'à ce commancement
Atramante receût ſon affranchiſſement.

LE

LE ROY.

Ï'obferue dans fon port quelque chofe de graue,
Qui me faifoit douleur, de voir qu'il fût Efclaue.

CORAX.

L'on a veu fort fouuent des gens de qualité
Reduits par le Deftin à la captiuité;
Vous pourrez maintenant apprendre fa naiffance.

SCENE II.

LE ROY, BORISTHENE, CORAX,

BORISTHENE.

S Ire, l'on fait juftice à ma perfeuerance;
Par voftre authorité, plus forte que mes vœux,
Là Princeffe auiourd'huy s'offre à ce que ie veux.
Le Ciel en ma faueur femble faire vn miracle;
Au lieu qu'elle formoit obftacle fur obftacle,
Si long-temps que pour elle en vain i'ay foûpiré,
Sans fe faire preffer fon cœur s'eft declaré :
Ainfi le mien ioüit d'vne ioye infinie,
Et noftre Hymen n'attend que la Ceremonie.

LE ROY.

Corax me le difoit, quand vous eftes venu,
Et mon Efprit en eft doucement preuenu.

BORISTHENE.

Ne me blâmez donc pas fi ie m'impatiente.

H

LE ROY.

Au contraire, Corax, allez querir l'Infante;
Et faites auertir tous ceux de cette Cour,
Qu'ils viennent prendre part au triomphe d'amour.
N'oubliez pas Baliste, Atramante & le reste,
Pour rendre aux Etrangers cét Hymen manifeste.

CORAX s'en allant.

Ce commandement, Sire, a pour moy tant d'appas,
Que mon Esprit voudroit y preceder mes pas.

BORISTHENE.

La gloire que m'acquiert cette illustre conqueste
Veut que mon cœur s'anime & que mon bras s'apreste
A l'execution de genereux projets,
De plusieurs Nations augmenter vos Sujets,
Et mettre à si haut point vostre grandeur Royale,
Que l'Vniuers entier n'ait rien qui vous égale.
L'on doit par vn progrez estre à l'autre excité,
L'honneur n'est point honneur quand il est limité,
Et ie serois honteux de celuy qui m'arriue,
Si par luy ma valeur estoit renduë oisiue.
Mars à l'Amour vny le fait voir triomphant,
Separé du premier, l'autre n'est qu'vn Enfant.

LE ROY.

Tous ces beaux mouuemens augmentent mon estime,
Ils me découurent bien l'honneur qui vous anime,
Et font voir qu'en effet vostre cœur est si grand
Qu'il veut que vous soyez doublement conquerant.
Mais ie voy mes Estats d'étenduë assez grande
Pour vous faire trouuer ce qu'vn grand cœur demãde.
Vn fils, pour y regner, me vient fort à propos,
Ma gloire est consommée & cherche le repos:

Vous pouuez difpofer des droicts de la Couronne,
Par l'abfolu pouuoir qu'aujourd'huy ie vous donne.
Quoy que la Politique en puiffe difcourir
Regner auec prudence eft plus que conquerir;
La raifon doit regler ce que l'on fe propofe.
Mais contentons l'amour, auant toute autre chofe:
Vous n'eftes pas encore hors de fes Etendars,
Nous parlerons apres de l'intereft de Mars.

BORISTHENE.

Ie fuis à tous momens plus voftre redeüable.

SCENE III.

LE ROY, BORISTHENE,
L'INFANTE conduite par CORAX,
THELASTRIE, CALDICE,

LE ROY.

ET bien, ma fille, enfin vous eftes raifonnable;
D'vne obftination voftre Efprit dégagé,
Reconnoît le grand bien qui vous eft partagé?

L'INFANTE.

Sire, à voftre difcours ma réponfe eft ouuerte.
De raifon déguifée à raifon découuerte
Ie croy que l'on doit faire vn grand difcernement,
Et la derniere feule a fait mon changement.

H ij

Mon foible Esprit chargé d'vn tenebreux nuage,
Sembloit de sa lumiere auoir perdu l'vsage.
Vne fausse apparence, en seduisant mes sens,
Me faisoit repugnèr à ce que ie consens :
Ou, pour mieux exprimer ce que ie pretens dire,
Me causoit de l'horreur pour ce que ie desire.
Mon cœur preoccupé par de secrets appas
S'en confioit aux yeux, qui ne les voycient pas,
Et luy rendoient ainsi la personne charmante
Sinon objet de haine, au moins indifferente.
Leur infidelité, par vn autre rapport,
Me faisoit voir viuant ce que ie croyois mort;
Mais sous vne couleur, qui trompant mon enuie,
Mesloit confusement la mort auec la vie.
Ainsi le mesme Esprit, dans cette obscurité,
Conceuoit les objets contre la verité.
L'oreille auec les yeux d'étroite intelligence
De discours supposez luy faisoit confidence :
De sorte qu'il sembloit que tout deût s'occuper
A chercher des moyens qui le pussent tromper.
Sire, dans ce desordre il estoit difficile
Que vous le trouuassiez raisonnable & tranquille :
Mais ces déguisemens sont enfin dissipez,
Mon cœur poursuit le bien dont vous participez,
Et i'ay presentement mes yeux & mes oreilles
Pour fidelles témoins de secrettes merueilles :
I'oserois asseurer qu'en cét heureux moment
Elles vous causeront beaucoup d'étonnement.

LE ROY.

Puis que vos sens souffroient vn si violent trouble,
Ma ioye à ce discours est & doit estre double;

De voir que la raiſon l'ait ainſi ſurmonté,
Et que voſtre deſir ſuiue ma volonté :
Comme l'intention eſt ce qui fait l'offence,
De bon cœur ie pardonne à voſtre reſiſtance.

BORISTHENE.

Madame, voſtre Eſprit receuoit vn faux iour,
Parce qu'il reſiſtoit aux lumieres d'amour.

L'INFANTE.

I'en connois bien, Monſieur, que l'apparence trompe,
En qui ce petit Dieu fait voir toute ſa pompe.

BORISTHENE.

Finiſſions ce diſcours, il eſt hors de ſaiſon,
Quand on voit accorder l'amour & la raiſon.
Puis que ſur nous les deux ont vne force égale,
Pour aſſembler nos cœurs d'vnion conjugale ;
Ie confirme le don que le mien vous a fait ;
En me donnant le voſtre, Hymen eſt ſatisfait.

LE ROY à l'Infante.

Quoy ! vous voulez paroiſtre encore difficile ?

H iij

SCENE IV.

ATRAMANTE dénoircy , en habit de Prince,
LE ROY , BORISTHENE,
L'INFANTE , THELASTRIE,
CORAX , CALDICE,

ATRAMANTE.

SIre, si vos bontez ont preuenu Carmile,
Et qu'vn sort inhumain l'ait mis au triste état
De vous persuader qu'il en estoit ingrat;
N'imputez maintenant qu'à sa seule impuissance
Le mal-heureux deffaut de sa reconnoissance,
Voyant qu'il n'auoit pas assez de liberté
Pour rendre ce qu'il doit à vostre Majesté :
Il en a le desir; c'est la foy que vous donne
Non pas le mesme nom, mais la mesme personne.

LE ROY.

Genereux Cheualier, quelque fatalité
Qui vous ait pû causer cette captiuité,
Croyant que vostre cœur est toûjours magnanime,
Elle n'a point pour vous amoindry mon estime.
Vn déplaisir se mesle à mon contentement,
De n'auoir pas connu vostre déguisement;
S'il ne m'eût pas fait faire vne telle méprise,
I'eusse employé mes soins à vous mettre en franchise:

Mais puis que c'eſt vn bien que vous auez receu,
Ie me conſoleray d'auoir eſté deceu,
Si vous me donnez lieu, comme ie le demande,
De vous faire iouïr d'vne grace auſſi grande.

ATRAMANTE.

Ie vous reſpecte trop pour en faire refus.
Grand Prince, vos bontez, qui me rendent confus,
En déliurant mon corps, ont de contraire ſorte
Attaché mon Eſprit d'vne chaîne ſi forte,
Que ie reputeray pour vn tître d'honneur
Que vous ſoyez toûjours mon maiſtre & mon Seigneur,
Dans cette liberté, que vous m'auez renduë,
Mon cœur a plus d'audace & mon bras d'étenduë;
Mais ſi ie la voyois rebelle à vour ſeruir,
Ie ſouffrirois qu'encore on vint me la rauir :
Ainſi ie vous rendray, ſans fard & ſans contrainte,
Des preuues de l'ardeur dont mon ame eſt atteinte.
Il n'eſt pas juſte auſſi que vous perdiez vos droicts,
Qui ſouffre l'eſclauage en doit ſubir les Loix;
Ie demeure obligé, pour vne marque inſigne,
A porter voſtre nom, dont ie me ſens indigne.
Mais ie croy que mon ſort fera des enuieux,
Pour ne profaner pas ce tître glorieux.

BORISTHENE.

Cette ciuilité me rend ſans repartie,
Vous deuiez épargner vn peu ma modeſtie.
Voſtre mal-heur paſſé, qui ſe doit oublier,
Me laiſſe du regret, illuſtre Cheualier,
D'auoir ſi mal vſé d'vne rare perſonne,
Par l'abſolu pouuoir que l'eſclauage donne.
C'eſt au deſtin qu'il faut en imputer le mal;
Maintenant vous deuez me traiter comme égal,

Et ie feray rauy que vous puiffiez connoiftre
Que ma raifon fçait faire vn feruiteur d'vn Maiftre.
Ce que vous propofez à l'égard de mon nom
Eft fans doute vn moyen d'accroiftre fon renom,
Vous pouuez luy donner belle place en l'Hiftoire;
Mon caprice feroit ennemy de ma gloire,
Si, connoiffant ce bien, il vouloit s'oppofer:
Au refte, vous auez le choix d'en difpofer,
Mes droicts vous font acquis, & la liberté plaine
De demeurer Hecate, ou d'eftre Boristhene.

BORISTHENE.

Grand Prince, mon honneur s'accorde à mon deuoir,
I'accepte le dernier, pouuant le receuoir.

SCENE V.

LE ROY, ATRAMANTE, BORISTHENE, L'INFANTE, THELASTRIE, CORAX, CALDICE, BALISTE,

LE ROY à *Balifte*.

Vous venez à bonne heure accomplir l'affemblée.

BALISTE.

Que des faueurs du Ciel, Sire, elle foit comblée;

Et

Qu'il donne à cét Hymen vne fecondité
Qui puiffe éternifer voftre pofterité.

BORISTHENE.

Et qui ferue celuy dont le fouhait m'oblige.

LE ROY à *l'Infante.*

N'y confentez-vous pas?

BALISTE *reconnoiffant Hecate.*

Ha! grand Dieux, quel prodige!
Sire, voila celuy pour qui ie fuis venu,
Comment l'ay-je approché fans l'auoir reconnu!
Quel infolent Deftin auoit pû faire Efclaue
Vn Prince fi puiffant, fi genereux, fi braue?
Et par quel faux pretexte, en me voyant icy,
Pour abufer mes yeux auoir efté noircy?
Quoy! ne fçauiez-vous pas que le Roy voftre Pere,
A qui voftre perfonne eft infiniment chere,
Eût pour vous retirer épuifé fes Eftats,
Et prodigué le fang d'vn monde de foldats?
Prince, voftre valeur s'eftoit-elle endormie,
Pour fouffrir doucement cette haute infamie?
Megare eftoit-il hors de voftre fouuenir?
L'Heritier de fa gloire ofoit-il la ternir?
Par cette inuention, honteufe & criminelle,
Ne luy donniez-vous pas vne atteinte mortelle?
Mais c'eft imprudemment blâmer voftre valeur,
Qui ne put pas, fans doute, éuiter ce mal-heur.

ATRAMANTE.

I'excufe les tranfports dont voftre Efprit s'egare;
Sçachez que monhonneur & celuy de Megare
Par cette inuention fe font entretenus,
Et que la honte n'eft qu'à ceux qui font connus.

I

Si l'on eût découuert ma naiſſance cachée,
La gloire de Megare en eût eſté tachée ;
Mais faiſant ignorer que ie fuſſe ſon fils
Elle demeuroit pure, & c'eſt ce que ie fis.

L'INFANTE.

A cette heure il eſt temps que mon amour éclate ;
Sire, vous voyez donc qu'Atramante eſt Hecate,
Que c'eſt celuy qu'on vient chercher en cette Cour,
Où, ſe nommant Carmile, il auoit fait ſejour :
Sa naiſſance Royale eſt maintenant certaine,
Et ſon nom ne peut eſtre autre que Boriſthene.
Sire, obſeruez icy les merueilleux ſecrets
Dont le Ciel donne ſuite à ſes puiſſans decrets ;
Il eſt de nos Deſtins le ſouuerain Arbitre :
Quoy que Carmile alors me parût ſous vn tître
Qui ne s'accordoit pas aux droits de mon honneur,
Malgré moy, ſon merite auoit place en mon cœur ;
Comme ie découurois, parmy ſa modeſtie,
Qu'il me donnoit du ſien la meilleure partie.
Ces diuers mouuemens, & d'honneur & d'amour,
Sur mon Eſprit troublé préſidoient tour à tour :
Mais deſlors que ie ſçeus quelle eſtoit ſa naiſſance,
Mon honneur, pour l'amour, n'eut plus de repugnance,
Et quoy que le diſcours qui m'aſſeuroit ſa mort
Sur cette paſſion fiſt vn puiſſant effort,
Dans ſon ébranlement, elle fut aſſez ferme
Pour empeſcher l'eſpoir d'eſtre à ſon dernier terme.
Ie craignis ; mais ie crûs que tant de changemens
Denoient eſtre ſuiuis de bons euenemens ;
Et cette opinion fut vne Prophetie,
Que l'on voit maintenant à peu pres reüſſie,

Par sa fidelité, qui sembloit me trahir,
Sire, ie fus contrainte à vous desobeïr :
Mais comme la bonté vous est originaire,
Aussi pardonnez-vous ce peché necessaire.
Et si vous permettez à mon cœur de s'ouurir ;
D'entre ces deux Amans, pour n'en plus discourir,
Le Nouueau Boristhene à juste droit l'emporte.
Il me falloit ce nom, & c'est celuy qu'il porte,
Le Destin, qui sembloit le traiter rudement,
A voulu dégager ainsi vostre serment :
Le Ciel n'a point besoin d'vn meilleur Interprete,
Sire, sa volonté doit estre satisfaite.

ATRAMANTE.

Prince, si ce discours, par quelque obscurité,
Peut me rendre suspect d'vne infidelité,
De crainte que ma foy souffrît cette injustice,
Ne la condamnez pas, sans que ie l'éclaircisse.
Le discours que Madame a fait icy d'abord
Declare des secrets dont mon cœur est d'accord :
Mais i'y puis ajoûter, comme il est veritable,
Que jamais mon amour ne m'a rendu coupable ;
Et que ie l'ay reduit, tout violent qu'il est,
A ne faire de vœux que pour vostre interest.
Comme i'eus reconnu les desirs de vostre ame,
La mienne eut seulement des respects pour Madame ;
Afin de n'y laisser aucun empeschement,
Ie ioignis ma mort feinte à mon déguisement,
Craignant que la Princesse eût conceu quelque idée
Qu'en faueur de Carmile elle eût toûjours gardée :
Si bien que pour la faire à vos vœux consentir,
Ie cherchois vn moyen qui pût m'anéantir.

I ij

Ie n'ay point eu depuis vn sentiment contraire,
Ce que ie fus forcé, ie le suis volontaire,
Mon cœur, d'vn bien receu ne peut se départir,
Et ne vous donne point suiet de repentir.
Que si, par vn secret que ie ne puis comprendre,
I'estois si fortuné que ie deusse pretendre
Ce que vous poursuiuez auec tant de ferueur,
I'y voudrois renoncer, Prince, en vostre faueur.
Reglez ce choix, Madame, auec plus de iustice,
Ne me considerez que pour vostre seruice ;
Le Ciel, qui ne me voit que d'vn œil en courroux,
De ce Prince accomply veut faire vostre Espoux.

BORISTHENE.

Cette fidelité me rendoit sans excuse,
Si i'acceptois ce bien, comme ie le refuse :
L'égalité, que met la naissance en nous deux,
Ne veut pas que ie sois moins que vous genereux.
Prince, à vous imiter vostre exemple me presse ;
Ie cede tous mes droits au choix de la Princesse,
Et me ressens touché d'vn si iuste deuoir,
Que pour en ceder plus, i'en voudrois plus auoir.
Soûmettant vos desirs à ceux que i'eus pour elle,
Vostre fidelité vous rendroit infidelle ;
La raison vous fit sien, le sort vous fit à moy,
Et la premiere en tout doit nous seruir de Loy.
Si vous me preferiez, Prince, à son preiudice,
Vous seriez criminel, & i'en serois complice.
I'ignorois vn secret dont ie suis connoissant ;
Et mon Amour, qui veut demeurer innocent,
Sur cette connoissance arreste sa poursuite :
Aussi le doit-il bien à vostre seul merite.

Vueillez-nous reglèr, Sire, & que voſtre ſerment
S'entretienne en faueur de ce premier Amant:
Toutes conditions s'y trouuent diſpoſées.

LE ROY.

Apres auoir oüy les raiſons propoſées
Sur vn ſuiet ſi grand, ſi beau, ſi delicat,
D'où depend mon repos & celuy de l'Eſtat,
Où le raiſonnement trouue diuers obſtacles,
I'eſtime qu'il faudroit recourir aux Oracles;
Afin que n'eſtant plus dans vn eſtat douteux
Nous puiſſions, ſans erreur, faire le choix des deux.
Mais auſſi d'autre part, mon Eſprit conſidere
Que le Ciel à nos yeux découure ce myſtere:
Tant d'incidens diuers, reduits dans vn ſeul point,
Me doiuent obliger à ne balancer point,
Et nomment hautement, d'vne voix ſouueraine,
Pour obiet de mon choix le ſecond Boriſthene:
Ainſi vos differens demeurent terminez,
Et d'vn heureux Hymen ſes trauaux couronnez.

L'INFANTE à *Atramante*.

Ne reſiſtez-vous plus?

ATRAMANTE.

Ie craignois que ma flâme
Donnât à mon honneur quelque atteinte de blâme;
Mais voyant que ie puis entretenir les deux,
Et que voſtre bonté ſe conforme à mes vœux;
Ha! Madame, ce cœur, qui fut long-temps la proye
Des plus viues douleurs, craint de mourir de ioye:
Iugez des mouuemens dont il eſt agité,
Puis qu'il paſſe de l'vne à l'autre extremité

L'INFANTE à *Boristhene.*

Prince, que cette ioye entre nous soit commune,
Nous sommes deux moitiez, que ie vous en donne vne;
La parfaite amitié, qui n'aura point de bout,
De Thelastrie & moy ne compose qu'vn Tout.
Connoissant sa personne, il suffit que ie die
Qu'elle est certainement l'Infante de Licie,
Et que dans ses Estats son Pere rétably,
Tous ses mal-heurs passez doiuent estre en oubly :
Ainsi vous vous trouuez dans l'égale balance
Et des biens de fortune, & des droicts de naissance.
Ie la coniure aussi de vous considerer
Comme le plus grand bien qu'elle pût rencontrer.

CALDICE.

Si i'ay, par vos bontez, la liberté de ioindre
Ma voix à ce discours, quoy qu'elle soit la moindre ;
Ie vous diray le coup dont fut precipité
L'éclat de sa naissance en cette obscurité.
Par de rares faueurs, que le Ciel communique,
Du grand Roy de Licie il la fit fille vnique :
Et comme sa beauté, dés son commancement,
Donnoit à sa naissance vn illustre ornement ;
Il n'est point de discours qui pût faire connoistre
Quelle ioye en auoient ceux qui la firent naistre ;
Puis qu'on y découuroit, en sortant du Berceau,
Ce que l'on voit au Trône, & de grand & de beau.
Mais par vn changement étonnant & funeste,
Vn horrible reuers...

LE ROY.

Epargnez-nous du reste ;
L'Amour & ce discours ne seroient pas d'accord.

BALISTE.

Sire, à ce que i'ay dit, il a bien du rapport ;
C'eſt ce que i'en appris en ſuiuant cette route.

CALDICE.

C'eſt vne verité qu'on ne peut mettre en doute.

L'INFANTE.

Et partant, l'vnion que ie ſouhaitte d'eux
Feroit également l'auantage des deux.

BORISTHENE.

Ce que vous propoſez me confirme, Madame,
Que voſtre Eſprit perçant voit le fonds de mon ame.
Elle auoit le deſſein que vous mettez au iour ;
Et ſi diuers obiets occupoient vn amour,
Dés le premier inſtant que le mien prit naiſſance
Thelaſtrie auec vous eſtoit en concurrence.
Oüy, Madame, au plus fort de mon engagement
I'auois toûjours vers vous vn ſecret mouuement.
Mes yeux, par vn inſtinct qu'à cette heure i'admire,
Voyoient en vos appas vn agreable empire :
Mon cœur preſſentoit bien, voulant vous dédaigner,
Qu'vne telle ſuiuante eſt faite pour regner.
S'il s'éloignoit de vous, maintenant il s'y porte,
Par vne violence auſſi douce que forte ;
Et ſi vous l'approuuez, le Ciel d'vn meſme coup,
Me fait en ce moment perdre & gagner beaucoup.

THELASTRIE.

Outre que i'ay pour vous particuliere eſtime,
Ie dois tout à Madame, & croirois faire vn crime
De n'executer pas ce qu'elle me preſcrit ;
Meſme c'eſt vne Loy tres-douce à mon Eſprit.

LE ROY.

Allons donc celebrer ces heureux mariages,
Où la Fidelité fait voir ses auantages;
Quoy qu'elle ne soit pas des vertus de ce temps,
Elle rend tôt ou tard ses sectateurs contents.

F I N.

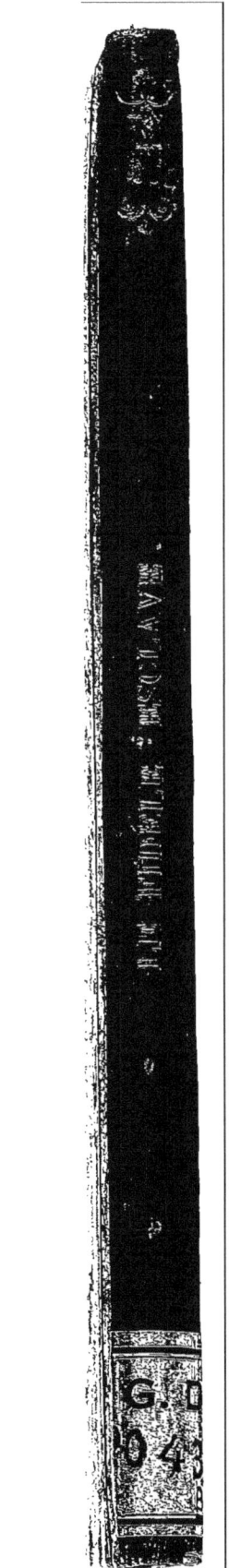

www.ingramcontent.com/pod-product-compliance
Lightning Source LLC
Chambersburg PA
CBHW060437260626
47161CB00005B/1969